Некрещеный поп

Николай Лесков

Некрещеный поп

Copyright © 2022 Indo-European Publishing

ISNB: 978-1-64439-593-6

СОДЕРЖАНИЕ

НЕКРЕЩЕНЫЙ ПОП

Посвящается Федору Ивановичу Буслаеву

Эта краткая запись о действительном, хотя и невероятном событии посвящается мною досточтимому ученому, знатоку русского слова, не потому, чтобы я имел притязание считать настоящий рассказ достойным внимания как литературное произведение. Нет; я посвящаю его имени Ф. И. Буслаева потому, что это оригинальное событие уже теперь, при жизни главного лица, получило в народе характер вполне законченной легенды; а мне кажется, проследить, как складывается легенда, не менее интересно, чем проникать, "как делается история".

I

В своем приятельском кружке мы остановились над следующим газетным известием:

"В одном селе священник выдавал замуж дочь. Разумеется, пир был на славу, все подпили порядком и веселились по-сельскому, по-домашнему. Между прочим, местный диакон оказался любителем хореографического искусства и, празднуя веселье, "веселыми ногами" в одушевлении отхватал перед гостями трепака, чем всех привел в немалый восторг. На беду на том же пиру был благочинный, которому такое деяние диакона показалось весьма оскорбительным, заслуживающим высшей меры взыскания, и в ревности своей благочинный настрочил донос архиерею о том, как диакон на свадьбе у священника "ударил трепака". Архиепископ Игнатий, получив донос, написал такую резолюцию:

"Диакон N "ударил трепака"...
Но трепак не просит;
Зачем же благочинный доносит?
Вызвать благочинного в консисторию и допросить".

1

Дело окончилось тем, что доноситель, проехав полтораста верст и немало израсходовав денег на поездку, возвратился домой с внушением, что благочинному следовало бы на месте словесно сделать внушение диакону, а не заводить кляуз из-за одного — и притом исключительного случая".

Когда это было прочитано, все единогласно поспешили выразить полное сочувствие оригинальной резолюции пр. Игнатия, но один из нас, г. Р., большой знаток клирового быта, имеющий всегда в своей памяти богатый запас анекдотов из этой своеобычной среды, вставил:

— Хорошо-то это, господа, пускай и хорошо: благочинному действительно не следовало "заводить кляуз из-за одного, и притом исключительного случая"; но случай случаю рознь, и то, что мы сейчас прочитали, приводит мне на память другой случай, донося о котором, благочинный поставил своего архиерея в гораздо большее затруднение, но, однако, и там дело сошло с рук.

Мы, разумеется, попросили своего собеседника рассказать нам его затруднительный случай и услыхали от него следующее:

— Дело, о котором по вашей просьбе надо вам рассказывать, началось в первые годы царствования императора Николая Павловича, а разыгралось уже при конце его царствования, в самые суматошные дни наших крымских неудач. За тогдашними, большой важности, событиями, которые так естественно овладели всеобщим вниманием в России, казусное дело о "некрещеном попе" свертелось под шумок и хранится теперь только в памяти остающихся до сих пор в живых лиц этой замысловатой истории, получившей уже характер занимательной легенды новейшего происхождения.

Так как дело это в своем месте весьма многим известно и главное лицо, в нем участвующее, до сих пор благополучно здравствует, то вы должны меня извинить, что я не буду указывать место действия с большою точностью и стану избегать называть лица их настоящими именами. Скажу вам только, что это было на юге России, среди малороссийского населения, и касается некрещеного попа, отца Саввы, весьма хорошего, благочестивого человека, который и до сих пор благополучно здравствует и священствует и весьма любим и начальством и своим мирным сельским приходом.

Кроме собственного имени отца Саввы, которому я не вижу нужды давать псевдоним, все другие имена лиц и мест я буду ставить иные, а не действительные.

II

Итак, в одном малороссийском казачьем селе, которое мы, пожалуй, назовем хоть Парипсами, жил богатый казак Петро Захарович, по прозвищу Дукач. Человек он был уже в летах, очень богатый, бездетный и грозный-прегрозный. Не был он мироедом в великорусском смысле этого слова, потому что в малороссийских селах мироедство на великорусский лад неизвестно, а был, что называется, дукач — человек тяжелый, сварливый и дерзкий. Все его боялись и при встрече с ним открещивались, поспешно переходили на другую сторону, чтобы Дукач не обругал, а при случае, если его сила возьмет, даже и не побил. Родовое его имя, как это нередко в селах бывает, всеми самым капитальным образом было позабыто и заменено уличною кличкою или прозвищем — "Дукач", что выражало его неприятные житейские свойства. Эта обидная кличка, конечно, не содействовала смягчению нрава Петра Захарыча, а, напротив, еще более его раздражала и доводила до такого состояния, в котором он, будучи от природы весьма умным человеком, терял самообладание и весь рассудок и метался на людей, как бесноватый.

Стоило завидевшим его где-нибудь играющим детям в перепуге броситься вроссыпь с криком: "ой, лышенько, старый Дукач иде", как уже этот перепуг оказывался не напрасным: старый Дукач бросался в погоню за разбегающимися ребятишками со своею длинною палкою, какую приличествует иметь в руках настоящему степенному малороссийскому казаку, или с случайно сорванною с дерева хворостиною. Дукача, впрочем, боялись и не одни дети: его, как я сказал, старались подальше обходить и взрослые, — "абы до чого не прычепывея". Такой это был человек. Дукача никто не любил, и никто ему не сулил ни в глаза, ни за глаза никаких благожеланий, напротив, все думали, что небо только по непонятному упущению коснит давно разразить сварливого казака вдребезги так, чтобы и потроха его не осталось, и всякий, кто как мог, охотно бы постарался поправить это упущение Промысла, если бы Дукачу, как назло, отвсюду незримо "не перло счастье". Во всем ему была удача — все точно само шло в его железные руки: огромные стада его овец плодились, как стада Лавановы при досмотре Йакова. Для них уже вблизи и степей недоставало; половые круторогие волы Дукача сильны, рослы и тоже чуть не сотнями пар ходили в

3

новых возах то в Москву, то в Крым, то в Нежин; а пчелиная пасека в своем липняке, в теплой запуши была такая, что колодки надо было считать сотнями. Словом, богатство по казачьему званию — несметное. И за что все это бог дал Дукачу? Люди только удивлялись и успокоивали себя тем, что все это не к добру, что бог, наверное, этак "манит" Дукача, чтобы он больше возвеличался, а потом его и "стукнет", да уж так стукнет, что на всю околицу слышно будет.

Ждали добрые люди этой расправы над лихим казаком с нетерпением, но годы шли за годами, а бог Дукача не стукал. Казак все богател и кичился, и ниоткуда ничто ему достойное его лютовства не угрожало. Общественная совесть была сильно смущена этим. Тем более что о Дукаче нельзя было сказать, что ему отплатится на детях: детей у него не было. Но вот вдруг старая Дукачиха стала чего-то избегать людей, — она конфузилась, или, по-местному, "соромылась" — не выходила на улицу, и вслед за тем по околице разнеслась новость, что Дукачиха "непорожня".

Умы встрепенулись, и языки заговорили: давно утомленная ожиданием общественная совесть ждала себе близкого удовлетворения.

— Що то буде за дитына! що то буде за дитына антихристова? И чи воно родыться, чи так и пропаде в жывоти, щоб ему не бачыть билого свиту!

Ждали этого все с нетерпением и, наконец, дождались: в одну морозную декабрьскую ночь в просторной хате Дукача, в священных муках родового страдания, явился ребенок.

Новый жилец этого мира был мальчик, и притом без всякого зверовидного уродства, как хотелось всем добрым людям; а, напротив, необыкновенно чистенький и красивый., с черною головкою и большими голубыми глазками.

Бабку Керасиху, которая первая вынесла эту новость на улицу и клялась, что у ребенка нет ни рожков, ни хвостика, оплевали и хотели побить, а дитя все-таки осталось хорошенькое-прехорошенькое, и к тому же еще удивительно смирное: дышало себе потихонечку, а кричать точно стыдилось.

4

III

Когда бог даровал этого мальчика, Дукач, как выше сказано, был уже близок к своему закату. Лет ему в ту пору было, может быть, более пятидесяти. Известно, что пожилые отцы горячо принимают такую новость, как рождение первого ребенка, да еще сына, наследника имени и богатства. И Дукач был этим событием очень обрадован, — но выражал это, как позволяла ему его суровая натура. Прежде всего он призвал к себе жившего у него бездомного племянника по имени Агапа и объявил ему, чтобы он теперь уже не дул губу на дядино наследство, потому что теперь уже бог послал к его "худоби" настоящего наследника, а потом приказал этому Агапу, чтобы он сейчас же снарядился в новый чепан и шапку и готовился, чуть забрезжит заря, идти с посылом до заезжего судейского паныча и до молодой поповны — звать их в кумовья.

Агапу тоже уже было лет под сорок, но он был человек загнанный и смотрел с виду цыпленком с зачичкавшеюся головенкою, на которой у него сбоку была пресмешная лысина, тоже дело руки Дукача.

Когда Агап в отрочестве осиротел и был взят в Дукачев дом, он был живой и даже шустрый ребенок и представлял для дяди ту выгоду, что знал грамоте. Чтобы не кормить даром племянника, Дукач с первого же года стал посылать его со своими чумаками в Одессу. И когда Агап один раз, возвратясь домой, сдал дяде отчет и показал расход на новую шапку, Дукач осердился, что тот смел самовольно сделать такую покупку, и так жестоко побил парня по шее, что она у него очень долго болела и потом навсегда немножко скособочилась; а шапку Дукач отобрал и повесил на гвоздь, пока ее моль съест. Кривошей Агап ходил год без шапки и был у всех добрых людей "посмихачем". В это время он много и горько плакал и имел досуг надуматься, как помочь своей нужде. Сам он уже давно отупел от гонений, но люди наговорили ему, что он мог бы с своим дядьком справиться, только не так просто, через прямоту, а через "полытыку". И именно через такую политику, тонкую, чтобы шапку купить, а расход на нее не показывать, а так "расписать" те деньги где-нибудь понемножечку, по другим статьям. А ко всему этому на всякий случай, идучи к дяде, взять самое длинное полотенце да в несколько раз обмотать им себе шею, чтобы если Дукач станет драться, то не было бы очень больно. Агап взял себе на ум эту науку, и вот через год, когда дядя погнал его опять в Нежин, он ушел без шапки, а вернулся и с отчетом и с шапкою, которой ни в каких расходах не значилось. Дукач сперьоначала этого и не заметил и даже было похвалил племянника, сказав ему: "Треба б тебе побиты, да ни за що". Но тут бес и дернул Агапа показать дядьку, как несправедлива на свете человеческая правда! Он попробовал, хорошо ли у него намотано на шее длинное полотенце, которое должно было служить для его политических соображений, и, найдя его в добром порядке, молвил дяде:

— Эге, дядьку, добре! ни за що биты! Ось така-то правда на свити?

— А яка ж правда?

— А ось яка правда: выбачайте, дядьку. — И Агап, щелкнув по бумажке, сказал: — нема тут шапки?

— Ну, нема, — отвечал Дукач.

— А от же и есть шапка, — похвалился Агап и насадил набекрень свою новую франтовскую шапку из решетиловских смушек.

Дукач посмотрел и говорит:

— Добра шапка. А ну, дай и мени помирять.

Надел на себя шапку, подошел к осколку зеркальца, вправленному в досточку, оклеенную яркою пестрою бумажкою, тряхнул седою головой и опять говорит:

— А до лиха, бачь и справди така добрая шапка, що хоть бы и мени, то было б добре в ии ходыти.

— А ничего соби, добре б було.

— И де ты ии, вражий сын, украв?

— Що вы, дядьку, на що я буду красты! — отвечал Агап, — нехай от сего бог бороныть, я зроду не крав.

— А де ж ты ии ухопыв?

Но Агап ответил, что он совсем шапки не хапал, а так себе, просто ее достал через полытыку.

Дукачу это показалось так смешно и невероятно, что он рассмеялся и сказал:

— Да ну, годи вже тебе дурню: де таки тоби робыть полытыку?

— А от же и сробыв.

— Ну, мовчи.

— Ей-богу, уделал.

Дукач только молча погрозил ему пальцем: но тот стоит на своем, что он "полытыку уделал".

— И де в черта, та пыха у тебя взялась в голози, — заговорил Дукач, — де же сему дилу буть, щобы ты, такий сельский квак, да в Нежине мог полытыку делать.

Но Агап стоял на своем, что он действительно уделал полытыку.

Дукач велел Агапу сесть и все как есть про сделанную им политику рассказывать, а сам налил себе в плошку сливяной наливки, запалил люльку и приготовился долго слушать. Но долго слушать было нечего. Агап повторил дяде весь свой отчет и говорит:

— Нема тут-шапки?

— Ну, нема, — отвечал Дукач.

— А вот же тут и есть шапка!

И он открыл, что именно, сколько копеек и в какой расходной статье им присчитано, и говорил он все это весело, с открытою душою и с полною надеждою на туго намотанное на шее полотенце; но тут-то и случилась самая непредвиденная неожиданность: Дукач, вместо того чтобы побить племянника по шее, сказал:

— Ишь ты и справди якый полытык: украв, да и шию закрутыв, щоб не больно було. Ну так я же тоби дам другую полытыку, — и с этим он дернул клок волос, замерший у него в руке.

Так кончилась эта политическая игра дяди с племянником и, сделавшись известной на селе, укрепила за Дукачом еще более твердую репутацию, что этот человек "як каминь" — ничем его не возьмешь: ни прямотою, ни политикою,

IV

Дукач всегда жил одиноко: он ни к кому не ходил, да и с ним никто не хотел близко знаться. Но Дукач об этом, по-видимому, нимало и не скорбел. Может быть, ему это даже нравилось. По крайней мере он не без удовольствия говаривал, что в жизнь свою никому не кланялся и не поклонится — и случая такого не чаял, который мог бы заставить его поклониться. Да и в самом деле и из-за чего он стал бы кого-нибудь заискивать? Волов и всякой худобы много; а если этим бог накажет, — волы попадают или что пожаром сгорит, так у него вволю и земли и лугов — все в порядке, все опять снова уродится, и он снова разбогатеет. А хоть бы и не так, то он хорошо знал в дальнем лесу один приметный дуб, под которым закопан добрый казанок с старыми рублевиками. Стоит его достать оттуда, так и без всяких хлопот можно целый век жить, и то не прожить. Что же значили ему люди? Детей, что ли, ему с ними крестить, — но у него детей не было. Или для того чтобы утешить свою Дукачиху, которая по, бабьей прихоти приставала:

— Что, мол, нас все боятся да нам завидуют — лучше бы сделать, чтобы нас кто-нибудь любить стал.

Но стоило ли это бабье нытье казачьего внимания.

И вот шли годы за годами, пронося над головою Дукача безвредно всякие житейские случайности и невзгоды, а случай, который мог заставить его поклониться людям, все-таки его не облетел мимо: теперь люди ему понадобились, чтобы дитя крестить.

Всякому иному, не такому гордому человеку, как Дукач, это, разумеется, ничего бы не составляло, но Дукачу ходить, звать, да еще упрашивать, было не под стать. Да еще кого звать и кого "упрашивать"? — Уж, разумеется, не кого-нибудь, а самых первых людей: молодую поповну-щеголиху, которая ходила в деревне в полтавских шляпках, да судового панича, что гостил об эту пору у отца диакона. Положим, это компания хорошая, но что-то страшно: ну как они откажут? Дукач помнил, что ведь не обращал внимания он не только на простых людей, но не уважал и отцу Якову, а с диаконом прямо один раз на гребле "бился" за то, что тот, едучи ему навстречу, не хотел с дороги в грязь своротить. Чего доброго, и они этого не позабыли и теперь, — когда гордому казаку пришла в них нужда, — они ему это, пожалуй, и вспомнят. Делать, однако, было нечего. Дукач поднялся на хитрость: избегая самолично встретить отказ, он послал звать кумовьев Агапа. А чтобы и тому было поваднее, снабдил его зваными дарами деревенского припасения, которые вынул из заветной скрыни: панночке высокий черепаховый гребень "с огородом", а паничу золоченую склянку петухом с немецкою подписью. Но все это вышло напрасно: кумовья отказались и даров не приняли; да еще, по словам Агапа, и в глаза ему насмеялись: что, дескать, чего Дукач и заботится: разве детей таких злодеев, как он, можно крестить? А когда Агап заметил, что неужто дитя целую неделю останется не крещено, то будто сам поп — отец Яков прямо пророковал: что не неделю, а целый век ему оставаться некрещеным.

Услыхав это, Дукач сложил правою рукою дулю, сунул ее племяннику в нос и велел поднести это за пророчество отцу Якову. А чтобы Агапу веселее было идти, — повернул его другою рукою и выпроводил по потылице.

V

Агап, разумеется, не считал этого за самый худший исход, какого он мог ожидать за свое неудачное посольство, и, закатись с дядиных глаз в корчму, успел рассказать бывшее так хорошо, что через полчаса об этом знало все селение, и все, от мала до велика, радовались тому, что отец Яков "в книгах вычитал, як Дукачонку на роду писано остаться некрещеным". И если бы теперь старый Дукач забыл всю свою важность и стал звать последнего из последних на селе, то он наверно бы никого не дозвался, но Дукач это знал: он знал, что находится в положении того волка, который всем чем-нибудь нагадил, и что ему потому некуда деться и не от кого искать защиты. Он пошел напролом: сунув к носу Агапа дулю, адресованную отцу Якову, он решил обойтись не только без содействия всех своих односельчан, но и без услуг самого отца Якова.

Назло всем, но, может быть, особенно отцу Якову, Дукач решил окрестить сына в чужом приходе, в селе Перегудах, которое отстояло от Парипс не более как на семь или на восемь верст. А чтобы не откладывать спешного дела в долгий ящик, — окрестить сына немедленно, именно нынче же, — чтобы завтра об этом и разговоров не было; а напротив, чтобы завтра же все знали, что Дукач настоящий казак, который никому в насмешку не дается и может без всех обойтись. Кум у него уже был избран — самый неожиданный, — это Агап. Правда, что такой выбор многих мог удивить, но на то у Дукача был отвод: он брал простых кумовьев — "встречных", как на то есть поверье, что таких бог посылает. Агап и взаправду был первый "ветречник", на которого богатый казак на первого взглянул при известии о новорожденном; а первая "встречница" была бабка Керасивна. Ее взять в кумы было немножко неловко, потому что Керасивна имела не совсем стройную репутацию: она была самая несомненная ведьма; столь несомненная, что этого не отрицал даже сам ее муж, очень ревнивый казак Керасенко, из которого эта хитрая жинка весь дух и всю его нестерпимую ревность выбила. Обратя его в самого битого дурня, жила она на всей своей вольной воле — немножко шинкуя, немножко промышляя то повитушеством, то продажею паляниц, то, наконец, просто "срывая цветы удовольствий".

VI

Ведьмовство ее знали и стар и мал, — потому что случай, обнаруживший это, был самый гласный и скандальный. Керасивна еще в дивчинах была бесстрашная самовольница — жила в городах и имела какую-то мудреного вида скляницу с рогатым чертом, которую ей подарил рогачевский дворянин с Покоти, отливавший такие чертовщины в соседней гуте. И Керасивна пила себе к а здоровье из этой скляницы и была здорова. И, наконец, мало всего этого — она показала самую невозможную отвагу, добровольно согласись выйти замуж за Керасенка. Этого никто не мог сделать кроме женщины, которая ничего не боится, потому что Керасенко заведомо уже уморил своею ревностью двух жен, и когда нигде в окрестности не мог найти себе третьей, то тогда эта окаянная Христя сама ему набилась и вышла за него, только такое условие сделала, что он ей всегда будет верить. Керасенко на это согласился, а сам думал:

"Дура баба: так я тебе и стану верить! — дай женюсь, — я тебя и на шаг от себя не отпущу".

Всякая бы на месте Христи это предвидела, но эта шустрая дивчина словно оглупела: и не только ничего не побоялась и вышла за ревнивого вдовца, да еще взяла и совсем его переделала, так что он вовсе перестал ее ревновать и дал ей жить на всей ее вольной воле. Вот это-то и было устроено самым коварным ведьмовством и при несомненном участии черта, которого соседка Керасивны, Пиднебесная, сама видела в образе человеческом.

Это было вскоре же после того, как Керасенко женился на бойкой Христе, и хоть тому теперь прошел уже добрый десяток лет, однако бедный казак, конечно, и о сю пору хорошо помнил этот чертовский случай. Было это зимою, под вечер, на праздниках, когда никакому казаку, хоть бы и самому ревнивому, невмочь усидеть дома. А Керасенко и сам "нудил свитом" и жену никуда не пускал, и произошла у них из-за этого баталия, при которой Керасивна сказала мужу:

— Ну, як ты выйшов на своем слове невирный, то я же тебе зроблю лихо.

— Як лихо! як ты мени лихо зробишь? — заговорил Керасенко.

— А зроблю, да и усе тут буде.

— А як я тебе з очей не выпущу?

10

— А я на тебе мару напущу.

— Як мару? — хиба ты видьма?

— А от побачишь, чи я видьма, чи я ни видьма.

— Добре.

— От побачишь: дивись на мене, держись за мене, а я свое зроблю.

И еще срок назначила:

— Три дня, — говорит, — не пройдет, как сделаю.

Казак сидит день, сидит два, просидел и третий до самого до вечера и думает: "Срок кончился, а щоб мене сто чортиев сразу взяли, як дома скучно... а Пиднебеснихин шинок як раз против моей хаты, из окон в окна: мини звидтиль все видно будет, як кто-нибудь пойдет ко мне в хату. А я тем часом там выпью две-три або четыре чвертки... послухаю, що люди гомонят що в городу чуть... и потанцюю — позабавлюся".

И он пошел — пошел и сел, как думал, у окна, так что ему видно всю свою хату, видно, как огонь горит; видно, как жинка там и сям мотается. Чудесно? И Керасенко сел себе да попивает, а сам все на свою хату посматривает; но откуда ни возьмись сама вдова Пиднебесная заметила эту его проделку, да и ну над ним подтрунивать: эх, мол, такой-сякой ты глупый казак, — чего ты смотришь, — в жизнь того не усмотришь.

— Ну, добре — ще побачим!

— Ничото и бачить, — де за нами, жинками, больше смотрят, там нам, жинкам, сам бис помогае.

— Говори-ка, говори себе, — отвечал казак, — а як я сам на жинку дивитимусь, то коло ии и черт ничего не зробыть.

Тут все и закивали головами.

— Ах, нехорошо так, Керасенко, ах, нехорошо! — или ты некрещеный человек, или ты до того осатанел, что и в самого беса не веруешь.

И все этим так возмутились, что даже кто-то из толпы крикнул:

— Да що еще на него смотреть: дать ему такого прочухана, щоб вин тричи перевернувся и на добру виру став.

И его действительно чуть не побили, к чему, как он заметил, особенное стремление имел какой-то чужой человек, о котором Керасенку вдруг ни с того ни с сего вздумалось, что это не кто иной, как тот самый рогачевокий дворянин, который подарил его жене склянку с черт том и из-за которого у них с женою перед самою свадьбою было объяснение, окончившееся условием, чтобы об этом человеке больше уже не разговаривать.

Условие было заключено страшной клятвой, что если

11

Керасенко хоть раз вспомнит про дворянина, то будет он тогда за это у черта в зубах. И Керасенко это условие помнил. Но только теперь он был пьян и не мог снести своего замешательства: зачем тут явился рогачевский дворянин? И он поспешил домой, но дома не застал жены, и это ему показалось еще несообразнее.

"Не вспоминать-то, — думал он, — это точно мы условились о нем не вспоминать, а на что же он тут вертится, — и зачем моей жены дома нет?"

И когда Керасенко наводился в таких размышлениях, ему вдруг показалось, что у него в сенях за дверью кто-то поцеловался. Он встрепенулся и стал прислушиваться... слышит еще поцелуй и еще, и шепот, и опять поцелуй. И все как раз у самой у двери...

— Э, до ста чертей, — сказал себе Керасенко, — или это я с отвычки горилки так славно наугощался у Пиднебеснихи, что мне черт знает что показывается; или это моя жинка пронюхала, что я про рогачевского шляхтича с нею хочу спорить, и вже успела на меня мару напустить? Люди мне уже не раз прежде говорили, что она у меня ведьма, да только я этого доглядеться не успел, а теперь... ишь, опять целуются, о... о... о... вот опять и опять... А, стой же, я тебя подкараулю!

Казак спустился с лавки, подполз тихо к двери и, припав ухом к пазу, стал слушать: целуются, несомненно целуются — так губами и чмокают... А вот и разговор, и это живой голос его жены; он слышит, как она говорит:

— Що тиби мой муж, такий-сякий поганец: я его прожену, а тебе в хату пущу.

"Ого! — подумал Керасенко, — это она еще меня хвалится выгнать, а в мою хату кого-то впустить хочет... Ну уж этого не будет".

И он поднялся, чтобы сильным толчком распахнуть дверь, но дверь сама растворилась, и на пороге предстала Керасивна — такая хорошая, спокойная, только немножко будто красная, и сразу же принялась ссориться, как пристойно настоящей малороссийской жинке. Назвала она его чертовым сыном, и пьяницей, и собакой, и многими другими именами, а в заключение напомнила ему об их условии, чтобы Керасенко и думать не смел ее ревновать. А в доказательство своего к ней доверия сейчас же пустил бы ее на вечерници. Иначе она ему такую штуку устроит, что он будет век помнить. Но Керасенко был малый не промах, пустить на вечерници сейчас после того, как он своими глазами видел у Пиднебеснихи рогачевского дворянина и сейчас слышал, как его жена с кемто целовалась и сговаривалась кого-то пустить в хату... это ему, разумеется, представилось уже слишком очевидною глупостью.

— Нет, — сказал он, — ты поищи такого дурня в другом месте, а я хочу лучше тебя дома припереть да спать лечь. Так оно надежнее будет: тогда я и твоей мары не испугаюсь.

Керасивна, услыхав эти слова, даже побледнела; муж с нею первый раз заговорил в таком тоне, и она понимала, что это настал в ее супружеской политике самый решительный момент, который во что бы то ни стало надо выиграть: или — все, что она вела до сих пор с такою ловкостью и настойчивостью, пропало бесследно и, пожалуй, еще обратится на ее же голову.

И она вспрянула — вспрянула во весь свой рост, ткнула казаку в нос самую оскорбительную дулю и хотела, не долго думая, махнуть за дверь, но тот отгадал ее намерение и предупредил его, замкнув дверь на цепочку, и, опустив ключ в бесконечный карман своих широчайших шаровар, с возмутительным спокойствием сказал:

— Вот тебе и вся твоя дорога, от печи да до порота.

Положение Керасивны обозначилось еще решительнее: она приняла вызов мужа и впала в такое неописанное и страшное экстатическое состояние, что Керасенко даже испугался. Христя долго стояла на одном месте, вся вздрагивая и вытягиваясь как змея, причем руки ее корчились, кулаки были крепко сжаты, а в горле что-то щелкало, и по лицу ходили то белые, то багровые пятна, меж тем как устремленные в упор на мужа глаза становились острее ножей и вдруг заиграли совсем красным пламенем.

Это показалось казаку так страшно, что он, не желая ^ видеть жены в этом бешенстве, крикнул:

— Цур тоби, проклятая видьма! — и, дунув на огонь, сразу погасил светло.

Керасивна только топнула впотьмах и прошипела:

— Так будешь же ты знать мене, видьму! — И потом вдруг, как кошка, прыгнула к печке и звонко-презвонко; крикнула в трубу:

— У-г-у-у! души его, свинью!

VII

Казак, правда, еще больше струсил от этого нового неистовства, но чтобы не упустить жену, которая, очевидно, была ведьма и имела прямое намерение лететь в трубу, он изловил ее и, сильно обхватив ее руками, бросил на кровать к стенке и тотчас же сам прилег с краю.

Керасивна, к удивлению мужа, нимало не сопротивлялась — напротив, она была тиха, как смирный ребенок, и даже не бранилась. Керасенко был этому очень рад и, зажав одною рукою спрятанный в карман ключ, а другою взяв жену за рукав рубахи, заснул глубоким сном.

Но недолго длилось это его блаженное состояние: только что он отхватал половину первого сна, в котором переполненный винных паров мозг его размяк и утратил ясность представлений, как вдруг он получил толчок в ребра.

"Что такое?" — подумал казак и, почувствовав еще новые толчки, пробормотал:

— Чего ты, жинка, толкаешься?

— А то як же не толкаться: слухай-ко, что на дворе робится?

— Что там робится?

— А вот ты слухай!

Керасенко поднял голову и слышит, что у него на дворе что-то страшно визгнуло.

— Эге, — сказал он, — а ведь это, пожалуй, кто-то нашу свинью волокет.

— А разумеется, так. Пусти меня скорее, я пойду посмотрю: хорошо ли она заперта?

— Тебя пустить?.. Гм... гм...

— Ну дай же ключ, а то украдут свинью, и будем мы сидеть все святки и без ковбас и без сала. Все добрые люди будут ковбасы есть, а мы будем только посматривать... Ого-го-го... слушай, слушай: чуешь, як ее волокут... Аж мне его жаль, как оно, бедное порося, завизжало!.. Ну, пусти меня скорее: я пойду ее отниму.

— Ну да: так я тебя и пущу! Где это видано, чтобы баба на такое дело ходила — свинью отнимать! -отвечал казак, — лучше я встану и сам пойду отниму.

А на самом деле ему лень было вставать и страх не хотелось идти на мороз из теплой хаты; но только и свинью ему было жалко, и вот он встал, накинул свитку и вышел за двери. Но тут и произошло то неразгаданное событие, которое несомненнейшими доказательствами укрепило за Керасивною такую ведьмовскую славу, что с сей поры всяк боялся Керасивну у себя в доме видеть, а не только в кумы ее звать, как это сделал надменный Дукач.

VIII

Не успел осторожно шагавший казак Керасенко отворить хлев, где горестно завывала недовольная причиняемым ей беспокойством свинья, как на него из непроглядной темноты упало что-то широкое да мягкое, точно возовая дерюга, и в ту же минуту казака что-то стукнуло в загорбок, так что он упал на землю и насилу выпростался. Удостоверившись, что свинья цела и лежит на своем месте, Керасенко припер ее покрепче и пошел к хате досыпать ночь.

Но не тут-то было: не только самая хата, но и сени его оказались заперты. Он туда, он сюда — все заперто. Что за лихо? Стучал он, стучал; звал, звал жинку:

— Жинка! Христя! отопри скорее. Керасивна не откликалась.

— Тпфу ты, лихая баба: чего это она вздумала запереться и так скоро заснула! Христя! ей! жинка! Отчини!

Ничего не было: словно все замерло; даже и свинья спит, и та не хрюкает.

"Вот так штука! — подумал Керасенко, — ишь как заснула! Ну да я вылезу через тын на улицу да подойду к окну; она близко у окна спит и сейчас меня услышит".

Он так и сделал: подошел к окну и ну стучать, но только что же он слышит? — жена его говорит:

— Спи, человиче, спи: не зважай на то, що стучит: се чертяка у нас ходы!

Казак стал сильнее стучать и покрикивать:

— Сейчас отчини, или я окно разобью. Но тут Христя рассердилась и отозвалась:

— Кто это смеет в такую пору к честным людям стучаться?

— Да это я, твой муж,

— Какой мой муж?

— Известно какой твой муж — Керасенко.

— Мой муж дома, — иди себе, иди, кто ты там есть, не буди нас: мы с мужем вместе обнявшись спим.

"Что это такое? — подумал Керасенко, — неужели я все сплю и во сне вижу, или это взаправду деется?".

И он опять застучал и начал звать:

— Христя, а Христя! да отопри на божию милость. И все пристает, все пристает с этим; а та долго молчит — ничего не отвечает и потом опять отзовется:

— Да провались ты совсем, — кто такой привязался; говорю тебе, мой муж дома, со мною рядом обнявшись лежит, — вот он.

— Это тебе, Христя, може показывается?

— Эге! спасиби тебе на том! Що же, хиба я така дурна, чи совсем нечувствительна, що ни в чем толку не знаю? Нет, мне это лучше знать, що показывается, а що не показывается. Вот он, вот мой чоловик, у меня совсем близенько... вот я его и перекрещу: господи Иисусе, а вот и поцелую: и обниму и опять поцелую... Так добре нам вместе, а ты, недобрый потаскун, иди себе сам до своей жинки — не мешай нам спать и целоваться. Добра ничь — иди с богом.

"Фу ты, сто чертов твоему батькови: что это за притча! — пожимая плечами, рассуждал Керасенко. — Чего доброго, я, перелезши через тын, не обознался ли хатою. Только нет: это моя хата".

Он отошел на другую сторону широкой деревенской улицы и стал считать от колодца с высоким журавлем.

— Первая, вторая, третья, пятая, седьмая, девятая... Вот это и есть моя девятая.

Пришел: опять стучит, опять зовет, и опять та же история: нет-нет отзовется женский голос, и все раз от раза с большим неудовольствием и все в одном и том же смысле:

— Иди прочь: мой муж со мною.

А голос Христа — несомненно ее голос.

— А ну, если твой чоловик с тобою, — пусть он заговорит.

— Чего ему со мною говорить, як мы уже все обговорили.

— Да я хочу послушать: есть ли там у тебя чоловик?

— А вже же есть: вот ты слухай, як мы станем целоваться.

— Тпфу, пропасти на них нет: в самом деле целуются, а меня уверяют, что я — не я, и куда-то совсем прочь домой посылают. Но погоди же: я не совсем глупый — пойду соберу людей, и пусть люди скажут: мой это док или нет, и я или кто другой муж моей жинки. — Слушай Христя: я пойду людей будить.

— Да иди, иди, — отвечает голос, — только от нас отчепысь: мы вот двоечко нацеловались и смирненько обнявшись лежим, и хорошо нам. А до других ни до кого дела нет.

Вдруг и другой, несомненно мужской голос то же самое утверждает:

— Мы двоечко нацеловались и теперь смирненько обнявшись лежим, а ты ступай к черту!

Ничего больше не оставалось делать: Керасенко убедился, что в его звании под бок к Христе подкатился кто-то другой, и он пошел будить соседей.

IX

Долго или коротко это шло, пока очумевший Керасенко успел добудиться и собрать к своему дому десятка два казаков и добровольно последовавших за мужьями любопытных казачек, — а Керасивна оставалась в своем положении и все уверяла всех, что со всеми с ними мара, а что ее муж с нею дома, лежит у нее на руке, и в доказательство не раз заставляла всех слушать, как она его целует. И все казаки и казачки это внимали и находили, что это никак не может быть фальшь, потому что поцелуи были настоящие, и притом из-за окна, хотя не особенно внятно, а все-таки хорошо слышался мужской голос, который, по уверению Керасивны, принадлежал ее мужу. И все слышали, как этот голос один раз приблизился к самому окну и оттуда, всех ужасая, сказал:

— Що вы, дурни, за марою ходите? — я дома лежу со своею жинкою; а это вас мара водит. Дайте ей всякий по одному доброму прочухану наотмашь, — она враз и рассыпется.

Казаки перекрестились, и кто из них ближе стоял к Керасенке, тот первый и съездил его изо всей силы по потылице, — но сам тотчас же дал тягу: а его примеру последовали другие. И Керасенко, получив от каждого по тумаку наотмашь, в одну минуту был жестоко исколочен и безжалостно брошен у порога своей заколдованной хаты, где какой-то коварный демон так усердно замещал его на супружеском ложе. Он более уже не пытался облегчить своего горя, а только, сидя на снежку, горько плакал, как совсем бы казаку и не пристало, и все как будто слышал, что его Керасивна целуется. Но, к счастью, все мучения человеческие имеют конец, — и это терзание Керасенки кончилось, — он заснул, и ему снилось, будто его жена взяла его за шиворот и перенесла на хорошо ему знакомую теплую постель, а когда он

17

проснулся, в самом деле увидел себя на своей постели, в своей хате, а перед ним у припечки хлопотала, стряпая клецки с сыром, его молодцеватая Керасивна. Словом, все как следует — точно ничего необыкновенного и не случилось: ни про поросенка, ни про мару и помина не было. Керасенко же хотя и очень желал об этом заговорить, но не знал: как за это взяться?

Казак на все только рукою махнул и с тех пор жил с своею Керасивною в мире и согласии, оставляя ее на всей ее воле и просторе, которыми она и пользовалась как знала. Она и торговала и ездила, куда хотела, и домашнее счастие ее от этого не страдало, а благосостояние и опытность увеличивались. Но зато в общественном мнении Керасивна была потеряна: все знали, что она ведьма. Хитрая казачка против этого никогда не спорила, так как это давало ей своего рода апломб: ее боялись, чествовали и, приходя к ней за советами, приносили ей либо копу яиц, либо какой другой пригодный в хозяйстве подарок.

X

Знал Керасивну и Дукач, и знал ее, разумеется, за женщину умную, с которою, окромя ее ведовства, во всяком причинном случае посоветоваться не лишнее. И как Дукач сам был человек нелюбимый, то он Керасивною не очень-то и брезговал. Люди говорили, будто не раз видали их стоявшими вдвоем под густою вербою, которая росла заплетенная в плетень, разделявший их огороды. Иные даже думали, что тут было немножко и какого-то греха, но это, разумеется, были сплетни. Просто Дукач и Керасивна, имевшие в своей репутации нечто общее, были знакомы и находили о чем поговорить друг с другом.

Так и теперь, в том досадительном случае, который последовал по поводу неудачного позыва кумовьев, Дукач вспомнил о Керасивне и, призвав ее на совет, рассказал ей причиненную ему всеми людьми досаду.

Выслушав это, Керасивна мало подумала и, тряхнув головою, прямо отрезала:

— А що же, пане Дукач: зовить меня кумою!

— Тебя кумою звать, — повторил в раздумье Дукач.

— Да, или вы верите, що я видьма?

— Гм!.. говорят, будто ты видьма, а я у тебя хвоста не бачив.

18

— Да и не побачите.

— Гм! тебя кумою... а що на то все люди скажут?

— Се якие люди?.. те, що вам в хату и плюнуть не хотят идти?

— Правда, а що моя Дукачиха заговорит? Ведь она верит, що ты видьма?

— А вы ее боитесь?

— Боюсь... Я не такой дурень, як твой муж: я баб не боюсь и никого не боюсь: а тилько... ты вправду не ведьма?

— Э, да, я бачу, вы, пане Дукач, такий же дурень! Ну так зовите же кого хотите.

— Гм! ну стой, стой, не сердись: будь ты взаправду кумою. Только смотри, станет ли с тобою перегудинский поп крестить?

— А отчего не станет!

— Да бог его знает: он який-с такий ученый — все от писания начинает, — скажет: не моего прихода.

— Не бойтесь — не скажет: он хоть ученый, а жинок добре слухае... Начнет от писания, а кончит, як все люди, — на том, що жинка укажет. Добре его знаю и была с ним в компании, где он ничего пить не хотел. Говорит: "В писании сказано: не упивайтеся вином, — в нем бо есть блуд". А я говорю: "Блуд таки блудом, а вы чарочку выпейте", — он и выпил.

— Выпил?

— Выпил.

— Ну так се добре: только смотри, щобы вин нам, выпивши, не испортил хлопца, — не назвал бы его Иваном або Николою.

— Ну вот! так я ему и дам, щоб христианское дитя да Николой назвать. Хиба я не знаю, что это московськое имя.

— То-то и есть: Никола самый москаль.

Дело стояло еще за тем, что у Керасивны не было такой теплой и просторной шубы, чтобы везти дитя до Перегуд, а день был очень студеный — настоящее "варварское время", но зато у Дукачихи была чудная шуба, крытая синею нанкою. Дукач ее достал и отдал без спроса жены Керасивне.

— На, — говорит, — одень и совсем ее себе возьми, только долго не копайся, щобы люди не говорили, що у Дукача три дня было дитя не хрещено.

Керасивна насчет шубы немножко поломалась, но, однако, взяла ее. Она завернула далеко вверх подбитые заячьим мехом рукава, и все в хуторе видели, как ведьма, задорно заломив на затылок пестрый очипок, уселась рядом с Агапом в сани, запряженные парою крепких Дукачевых коней, и отправилась до попа Еремы в село Перегуды, до которого было с небольшим восемь верст. Когда Керасивна с Агапом отъезжали, любопытные люди видели, что и кум и кума были достаточно трезвы. Что хотя у Агапа, который правил лошадьми, была видна в коленях круглая барилочка с наливкою, но это, очевидно, назначалось для угощения причта. У Керасивны же за пазухою просторной синей заячьей шубы лежало дитя, с крещением которого должен был произойти самый странный случай, — что, впрочем, многие опытные люди живо предчувствовали. Они знали, что бог не допустит, чтобы сын такого недоброго человека, как Дукач, был крещен, да еще через известную всем ведьму. Хороша бы после этого вышла и вся крещеная вера!

Нет, бог справедлив: он этого не может допустить и не допустит.

Того же самого мнения была и Дукачиха. Она горько оплакивала ужасное самочинство своего мужа, избравшего единственному, долгожданному дитяти восприемницею заведомую ведьму.

При таких обстоятельствах и предсказаниях произошел отъезд Агапа и Керасивны с Дукачевым ребенком из села Парипс в Перегуды, к попу Ереме.

Это происходило в декабре, за два дня до Николы, часа за два до обеда, при довольно свежей погоде с забористым "московськым" ветром, который тотчас же после выезда Агапа с Керасивною из хутора начал разыгрываться и превратился в жестокую бурю. Небо сверху заволокло свинцом; понизу завеялась снежистая пыль, и пошла лютая метель.

Все люди, желавшие зла Дукачеву ребенку, видя это, набожно перекрестились и чувствовали себя удовлетворенными: теперь уже не было никакого сомнения, что бог на их стороне.

XI

Предчувствия говорили недоброе и самому Дукачу; как он ни был крепок, а все-таки был доступен суеверному страху и — трусил. В самом деле, с того ли или не с того сталося, а буря, угрожавшая теперь кумовьям и ребенку, точно с цепи сорвалась как раз в то время, когда они выезжали за околицу. Но еще досаднее было, что Дукачиха, которая весь свой век провела в раболепном безмолвии перед мужем, вдруг разомкнула свои молчаливые уста и заговорила:

— На старость нам, в мое утешенье, бог нам дытину дал, а ты его съел.

— Это еще що? — остановил Дукач, — как я съел дитя?

— А так, що отдал его видьме. Где это по всему христианскому казачеству слыхано, чтобы видьми давали дитя крестить?

— А вот же она его и перекрестит.

— Никогда того не было, да и не будет, чтобы господь припустил до своей христианской купели лиходейскую видьму.

— Да кто тебе сказал, що Керасивна ведьма?

— Все это знают.

— Мало чего все говорят, да никто у нее хвоста не видел.

— Хвоста не видели, а видели, как она мужа оборачивала.

— Отчего же такого дурня и не оборачивать?

— И от Пиднебеснихи всех отворотила, чтобы у нее паляниц не покупали.

— Оттого, что Пиднебесная спит мягко и ночью тесто не бьет, у нее паляницы хуже.

— Да ведь с вами не сговоришь, а вы кого хотите, всех добрых людей спросите, и все добрые люди вам одно скажут, что Керасиха ведьма.

— На что нам других добрых людей пытать, когда я сам добрый человек.

Дукачиха вскинула на мужа глаза и говорит:

— Как это... Это вы-то добрый человек?

— Да; а что же по-твоему, я разве не добрый человек?,

— Разумеется, не добрый.

— Да кто тебе это сказал?

— А вам кто сказал, что вы добрый?

— А кто сказал, что я не добрый?

— А кому же вы какое-нибудь добро сделали?

— Какое я кому добро сделал!

— Да.

"А сто чертей... и правда, что же это я никак не могу припомнить: кому я сделал какое-нибудь добро?" — подумал непривычный к возражениям Дукач и, чтобы не слышать продолжения этого неприятного для него разговора, сказал:

— Вот того только и недоставало, чтобы я с тобою, с бабою, стал разговаривать.

И с этим, чтобы не быть более с женою с глаза на глаз в одной хате, он снял с полка отнятую некогда у Агапа смушковую шапку и пошел гулять по свету.

XII

Вероятно, на душе у Дукача было уже очень тяжело, когда он мог пробыть под открытым небом более двух часов, потому что на дворе стоял настоящий ад: буря сильно бушевала, и в сплошной снежной массе, которая тряслась и веялась, невозможно было перевести дыхание.

Если таково было близ жилья, в затишье, то что должно было происходить в открытой степи, в которой весь этот ужас должен был застать кумовьев и ребенка? Если это так невыносимо взрослому человеку, то много ли надо было, чтобы задушить этим дитя?

Дукач все это понимал и, вероятно, немало об этом думал, потому что он не для удовольствия же пролез через страшные сугробы к тянувшейся за селом гребле и сидел там в сумраке метели долго, долго — очевидно, с большим нетерпением поджидая чего-то там, где ничего нельзя было рассмотреть. Сколько Дукач ни стоял до самой темноты посредине гребли, — его никто не толкнул ни спереди, ни сбоку, и он никого не видал, кроме каких-то длинных-предлинных привидений, которые, точно хоровод водили вверху над его головою и сыпали на него снегом. Наконец это ему надоело, и когда быстро наступившие сумерки увеличили темноту, он крякнул, выпутал ноги из засыпавшего их сугроба и побрел домой.

Тяжело и долго путаясь по снегу, он не раз останавливался, терял дорогу и снова ее находил. Опять шел, шел и на что-то наткнулся, ощупал руками и убедился, что то был деревянный крест — высокий, высокий деревянный крест, какие в Малороссии ставят при дорогах.

"Эге, — это я, значит, вышел из села! Надо же мне взять назад", — подумал Дукач и повернул в другую сторону, но не сделал он и трех шагов, как крест был опять перед ним.

Казак постоял, перевел дух и, оправясь, пошел на другую руку, но и здесь крест опять загородил ему дорогу

"Что он, движется, что ли, передо мною, или еще что творится", — и он начал разводить руками и опять нащупал крест, и еще один, и другой возле.

— Ага; вот теперь понимаю, где я: это я попал на кладбище. Вон и огонек у нашего попа. Не хотел ледачий пустить ко мне свою поповну окрестить детину. Да и не надо; только где же тут, у черта, должен быть сторож Матвейко?

И Дукач было пошел отыскивать сторожку, но вдруг

скатился в какую-то яму и так треснулся обо что-то твердое, что долго оставался без чувств. Когда же он пришел в себя, то увидал, что вокруг него совершенно тихо, а над ним синеет небо и стоит звезда.

Дукач понял, что он в могиле, и заработал руками и ногами, но выбраться было трудно, и он добрый час провозился, прежде чем выкарабкался наружу, и с ожесточением плюнул.

Времени, должно быть, прошло добрая часина — буря заметно утихла, и на небе вызвездило.

XIII

Дукач пошел домой и очень удивился, что ни у него, ни у кого из соседей, ни в одной хате уже не было огня. Очевидно, что ночи уже ушло много. Неужели же и о сю пору Агап и Керасивна с ребенком еще не вернулись?

Дукач почувствовал в сердце давно ему не знакомое сжатие и отворил дверь нетвердою рукою.

В избе было темно, но в глухом угле за печкою слышалось жалобное всхлипывание.

Это плакала Дукачиха. Казак понял, в чем дело, но не выдержал и таки спросил:

— А неужели же до сих пор...

— Да, до сих пор видьма еще ест мою дытину, — перебила Дукачиха.

— Ты глупая баба, — отрезал Дукач.

— Да, это вы меня такою глупою сделали; а я хоть и глупая, а все-таки не отдавала видьми свою дытину.

— Да провались ты со своею ведьмою: я чуть шею не сломал, попал в могилу.

— Ага, в могилу... ну то она же и вас навела в могилу. Идите лучше теперь кого-нибудь убейте.

— Кого убить? Что ты мелешь?

— Подите хоть овцу убейте, — а то недаром на вас могила зинула — умрете скоро. Да и дай бог: что уже нам таким, про которых все люди будут говорить, что мы свое дитя видьми отдали.

И она пошла опять вслух мечтать на эту тему, меж тем как Дукач все думал: где же в самом деле Агап? Куда он делся?

Если они успели доехать до Перегуд прежде, чем разыгралась метель, то, конечно, они там переждали, пока метель улеглась, но в таком случае они должны были выехать, как только разъяснило, и до сих пор могли быть дома.

— Разве не хлебнул ли Агап лишнего из барилочки? Эта мысль показалась Дукачу статочною, и он поспешил сообщить ее Дукачихе, нота еще лише застонала:

— Что тут угадывать, не видать нам свое дитя: заела его видьма Керасивна, и она напустила на свет эту погоду, а сама теперь летает с ним по горам и пьет его алую кровку.

И досадила этим Дукачиха мужу до того, что он, обругав ее, взял опять с одного полка свою шапку, а с другого ружье и вышел, чтобы убить зайца и бросить его в ту могилу, в которую незадолго перед этим свалился, а жена его осталась выплакивать свое горе за припечком.

XIV

Огорченный и непривычным образом взволнованный казак в самом деле не знал, куда ему деться, но как у него уже сорвалось с языка про зайца, то он более машинально, чем сознательно, очутился на гумне, куда бегали шкодливые зайцы; сел под овсяным скирдом и задумался.

Предчувствия томили его, и горе кралось в его душу, и шевелили в ней терзающие воспоминания. Как ни неприятны были ему женины слова, но он сознавал, что она права. Действительно, он во всю свою жизнь не сделал никому никакого добра, а между тем многим причинил много горя. И вот у него, из-за его же упрямства, гибнет единственное, долгожданное дитя, и сам он падает в могилу, что, по общему поверью, неминучий злой знак. Завтра будут обо всем этом знать все люди, а все люди — это его враги... Но... может быть, дитя еще найдется, а он, чтобы не скучать, ночью подсидит и убьет зайца и тем отведет от своей головы угрожающую ему могилу.

И Дукач вздохнул и стал всматриваться: не прыгает ли где-нибудь по полю или не теребит ли под скирдами заяц.

Оно так и было: заяц ждал его, как баран ждал Авраама: у крайнего скирда на занесенном снегом вровень с вершиною плетне сидел матерый русак. Он, очевидно, высматривал

24

местность и занимал самую бесподобную позицию для прицела.

Дукач был старый и опытный охотник, он видал много всяких охотничьих видов, но такой ловкой подставки под выстрел не видывал и, чтобы не упустить ее, он недолго же думая приложился и выпалил.

Выстрел покатился, и одновременно с ним в воздухе пронесся какой-то слабый стон, но Дукачу некогда было раздумывать — он побежал, чтобы поскорей затоптать дымящийся пыж, и, наступив на него, остановился в самом беспокойном изумлении: заяц, до которого Дукач не добежал несколько шагов, продолжал сидеть на своем месте и не трогался.

Дукач опять струхнул: вправду, не шутит ли над ним дьявол, не оборотень ли это пред ним? И Дукач свалял ком снега и бросил им в зайца. Ком попал по назначению и рассыпался, но заяц не трогался — только в воздухе опять что-то простонало. "Что за лихо такое", — подумал Дукач и, перекрестясь, осторожно подошел к тому, что он принимал за зайца, но что никогда зайцем не было, а было просто-напросто смушковая шапка, которая торчала из снега. Дукач схватил эту шапку и при свете звезд увидал мертвенное лицо племянника, облитое чем-то темным, липким, с сырым запахом. Это была кровь.

Дукач задрожал, бросил свою рушницу и пошел на село, где разбудил всех — всем рассказал свое злочинство; перед всеми каялся, говоря: "прав господь, меня наказуя, — идите откопайте их всех из-под снегу, а меня свяжите и везите на суд".

Просьбу Дукача удовлетворили; его связали и посадили в чужой хате, а на гуменник пошли всем миром откапывать Агапа.

XV

Под белым ворохом снега, покрывавшего сани, были найдены окровавленный Агап и невредимая, хотя застывшая Керасивна, а на груди у нее совершенно благополучно спавший ребенок. Лошади стояли тут же, по брюхо в снегу, опустив понурые головы за плетень.

Едва их немножечко поосвободили от замета, как они

тронулись и повезли застывших кумовьев и ребенка на хутор. Дукачиха не знала, что ей делать: грустить ли о несчастии мужа или более радоваться о спасении ребенка. Взяв мальчика на руки и поднеся его к огню, она увидала на нем крест и тотчас радостно заплакала, а потом подняла его к иконе и с горячим восторгом, глубоко растроганным голосом сказала:

— Господи! за то, что ты его спас и взял под свой крест, и я не забуду твоей ласки, я вскормлю дитя — и отдам его тебе: пусть будет твоим слугою.

Так дан был обет, который имеет большое значение в нашей истории, где до сих пор еще не видать ничего касающегося "некрещеного попа", меж тем как он уже есть тут, точно "шапка", которая была у Агапа, когда казалось, что ее будто и нет.

Но продолжаю историю: дитя было здорово; нехитрыми крестьянскими средствами скоро привели в себя и Керасивну, которая, однако, из всего вокруг нее происходившего ничего не понимала и твердила только одно:

— Дытина крещена, — и зовите его Савкою.

Этого было довольно для такого суматошного случая, да и имя к тому же было всем по вкусу. Даже расстроенный Дукач, и тот его одобрил и сказал:

— Спасибо перегудинскому попу, то вин не испортил хлопца и не назвал его Николою.

Тут Керасивна уже совсем оправилась и заговорила, что поп было хотел назвать дитя Николою: "так, говорит, по церковной книге идет", только она его переспорила: "я сказала, да бог с ними, сии церковные книги: на що воны нам сдалися; а это не можно, чтобы казачье дитя по-московськи Николою звалось".

— Ты умная казачка, — похвалил ее Дукач и наказал жене подарить ей корову, а сам обещал, если уцелеет, и еще чем-нибудь не забыть ее услуги.

На этом пока и покончилось крестное дело, и наступала долгая и мрачная пора похоронная. Агап так и не пришел в себя: его густым столбом дроби расстрелянная голова почернела прежде, чем ее успели обмыть, и к вечеру наступившего дня он отдал богу свою многострадавшую душу. Этим же вечером три казака, вооруженные длинными палками, отвели старого Дукача в город и сдали его там начальству, которое поместило его как убийцу в острог.

Агапа схоронили, Дукач судился, дитя росло, а Керасивна хотя и поправилась, но все не "сдужала" и сильно изменилась, — все она ходила как не своя. — Она стала тиха, грустна и часто задумывалась; и совсем не ссорилась со своим Керасенко, который понять не мог, что такое подеялось с его жинкою? Жизнь его, до сих пор столь зависимая от ее настойчивости и своенравия, — стала самою безмятежною: он не слыхал от жены ни в чем ни возражения, ни попрека и, не видя более ни во сне, ни наяву рогачевского дворянина, — не знал, как своим счастьем нахвастаться. Эту удивительную перемену в характере Керасивны долго и тщетно обсуждали и на торгу в местечке: сами подруги ее — горластые перекупки говорили, что она "вся здобрилась". И впрямь, не только одного, а даже хоть двух покупщиков от ее лотка с паляницами отбей, она, бывало, даже ни одного черта не посулит ни отцу, ни матери, ни другим сродникам. Про рогачевского же дворянина был даже такой слух, что он будто два раза показывался в Парипсах, но Керасивна на него и смотреть не хотела. Сама соперница ее, пекарша Пиднебесная, — и та, не хотя губить своей души, говорила, что слышала, будто один раз этот паныч, подойдя к Керасивне купить паляницу, получил от нее такой ответ:

— Иди от меня, щобы мои очи тебя никогда не бачили. Нет у меня для тебя больше ничего, ни дарового, ни продажного.

А когда паныч ее спросил, что такое ей приключилось? то она отвечала:

— Так — тяжко: бо маю тайну велыкую.

Перевернуло это дело и старого Дукача, которого, при добрых старых порядках, целые три года судили и томили в тюрьме по подозрению, что он умышленно убил племянника, а потом, как неодобренного в поведении односельцами, чуть не сослали на поселение. Но дело кончилось тем, что односельцы смиловались и согласились его принять, как только он отбудет в монастыре назначенное ему церковное покаяние.

Дукач оставался на родине только по снисхождению тех самых людей, которых он презирал и ненавидел всю жизнь... Это был ему ужасный урок, и Дукач его отлично принял. Отбыв свое формальное покаяние, он после пяти лет отсутствия из дому пришел в Парипсы очень добрым стариком, всем повинился в своей гордости, у всех испросил себе прощение и опять ушел в тот монастырь, где каялся по судебному решению, и туда же снес свой казанок с рублевиками на молитвы "за три души". Какие это были три души — того Дукач и сам не знал, но так говорила ему Керасивна, что чрез его ужасный характер пропал не один Агап, а еще две души, про которые знает бог да она — Керасивна, но только сказать этого никому не может.

Так это и осталось загадкою, за которую в монастыре отвечал казанок, полный толстых старинных рублевиков.

Меж тем дитя, которого появление на свет и крещение сопровождалось описанными событиями, подросло. Воспитанное матерью — простою, но очень доброю и нежною женщиною, — оно и само радовало ее нежностью и добротою. Напоминаю вам, что когда это дитя было подано матери с груди Керасивны, то Дукачиха "обрекла его богу". Такие "оброки" водились в Малороссии относительно еще в весьма недавнюю пору и исполнялись точно — особенно, если сами "оброчные дети" тому не противились. Впрочем, случаи противления если и бывали, то не часто, вероятно потому — что "оброчные дети" с самого измальства уже так и воспитывались, чтобы их дух и характер раскрывались в приспособительном настроении. Достигая в таком направлении известного возраста, дитя не только не противоречило родительскому "оброку", но даже само стремилось к выполнению оброка с тем благоговейным чувством покорности, которая доступна только живой вере и любви. Савва Дукачев был воспитан именно по такому рецепту и рано обнаружил склонность к исполнению данных матерью за него обетов. Еще в самом детском возрасте при несколько нежном и слабом сложении он отличался богобоязненностью. Он не только никогда не разорял гнезд, не душил котят, не сек хворостиной лягушек, но все слабые существа имели в нем своего защитника. Слово нежной матери было для него закон, — сколько священный, столь же и приятный, — потому что он во всем согласовался с потребностями собственного нежного сердца ребенка. Любить бога было для него потребностью и высшим удовольствием, и он любил его во всем, что отражает в себе бога и делает его и понятным л неоцененным для того, к кому он пришел и у кого сотворил себе обитель. Вся обстановка ребенка была религиозная: мать его была благочестива и богомольна; отец его даже жил в монастыре и в чем-то каялся. — Ребенок из немногих полунамеков знал, что с его рождением связано что-то такое, что изменило весь их домашний быт, — и все это получало в его глазах мистический характер. Он рос под кровом бога и знал, что из рук его — его никто не возьмет. В восемь лет его отдали учить к брату Пиднебеснихи, Охриму Пиднебесному, который жил в Парипсах, в закоулочке за сестриным шинком, но не имел к этому заведению никакого касательства, а вел жизнь необыкновенную.

XVI

Охрим Пиднебесный принадлежал к новому, очень интересному малороссийскому типу, который начал обозначаться и формироваться в заднепровских селениях едва ли не с первой четверти текущего столетия. Тип этот к настоящему времени уже совсем определился и отчетливо выразился своим сильным влиянием на религиозное настроение местного населения. Поистине удивительно, что наши народоведы и народолюбцы, копавшиеся во всех мелочах народной жизни, просмотрели или не сочли достойными своего внимания малороссийских простолюдинов, которые пустили совершенно новую струю в религиозный обиход южнорусского народа. — Здесь это сделать некогда, да и мне не по силам; я вам только коротко скажу, что это были какие-то отшельники в миру: они строили себе маленькие хаточки при своих родных домах, где-нибудь в закоулочке, жили чисто и опрятно — как душевно, так и во внешности. Они никого не избегали и не чуждались — трудились и работали вместе с семейными и даже были образцами трудолюбия и домовитости, не уклонялись и от беседы, но во все вносили свой, немножко пуританский, характер. Они очень уважали "изученность", и каждый из них непременно был грамотен; а грамотность эта самым главным образом употреблялась для изучения слова божия, за которое они принимались с пламенною ревностью и благоговением, а также с предубеждением, что оно сохранилось в чистоте только в одной книге Нового завета, а в "преданиях человеческих", которым следует духовенство, — все извращено и перепорчено. Говорят, будто такие мысли внушены им немецкими колонистами, но, по-моему, все равно — кем это внушено, — я знаю только одно, что из этого потом вышла так называемая "штунда".

Холостой брат Пиднебеснихи, казак Охрим, был из людей этого сорта: он сам научился грамоте и писанию и считал своею обязанностью научить всему этому и других. Учил он кого только мог, и всегда задаром — ожидая за свой труд той платы, которая обещана каждому, "кто научит и наставит". Учительство это обыкновенно ослабевало летом, во время полевых работ, но зато усиливалось с осени и шло неослабно во всю зиму до весенней пашни. Дети учились днем, а по вечерам у Пиднебесного собирались "вечерницы" — рабочие посиделки, — так, как и у прочих людей. Только у Охрима не пели пустых песен и не вели празднословия, а дивчата пряли лен и волну, а сам Охрим, выставив на стол тарелку меду и тарелку орехов для угощения "во имя Христово", просил за это потчевание позволить ему "поговорить о Христе".

Молодой народ это ему дозволял, и Охрим услаждал добрые души медом,, орехами и евангельскою беседою и скоро так их к этому приохотил, что ни одна девица и ни один парень не хотели и идти на вечерницы в другое место. Беседы пошли даже и без меду и без орехов.

На Охримовых вечерницах также происходили и сближения, последствием которых являлись браки, но тут тоже была замечена очень странная особенность, необыкновенно послужившая в пользу Охримовой репутации: все молодые люди, полюбившиеся между собою на вечерницах Охрима и потом сделавшиеся супругами, — были, как на отбор, счастливы друг другом. Конечно, это всего вероятнее происходило оттого, что их сближение происходило в мирной атмосфере духовности, а не в мятеже разгульной страстности — когда выбором руководит желанье крови, а не чуткое влечение сердца. Словом, велось по писанию: "Господь вселял в дом единомысленные, а но преогорчевающие". Так все шло в пользу репутации Пиднебесного, который, несмотря на свою простоту и непритязательность, стал в Парипсах в самое почетное положение — человека богоугодного. К нему не ходили на суд только потому, что он никого не судил, а научиться у него желали все, "ожидавшие воскресения".

XVII

Таких людей, как Охрим Пиднебесный, в Малороссии в то время обозначилось несколько, но все они крылись без шуму и долго оставались незамеченными для всех, кроме крестьянского мира.

Спустя целую четверть столетия эти люди сами сказались, явясь в обширном и тесно сплоченном религиозном союзе, который называется "штундою". Я очень хорошо знал одного из таких вожаков: это был приветливый, добрый холостой казак-девственник. Как большинство его товарищей, он научился грамоте самоучкою и обучил один всех окрестных ребят и девушек. Последних он учил на вечерницах, или, повеликорусскому, на "посиделках", на которые они собирались к нему с работою. Девушки пряли и шили, а он рассказывал о Христе.

Толкования его были самые простые, совсем чуждые всякой догматики и богослужебных установлений, а имеющие почти исключительно цели нравственного воспитания человека по идеям Иисуса. Мой знакомый казак-проповедник жил, однако, на левой стороне Днепра, в местности, где еще нет штунды.

Впрочем, в то время, к которому относится рассказ, учение это еще не имело ничего сформированного и по правому днепровскому берегу.

XVIII

Хлопца Дукачева Савку отдали учить грамоте к Пиднебесному, а тот, заметив, с одной стороны, быстрые способности ребенка, а с другой, его горячую религиозность, очень его полюбил. Савва платил своему чистосердечному учителю тем же. Так между ними образовалась связь, которая оказалась до такой степени крепкою и нежною, что когда старый Дукач взял сына в монастырь, чтобы там посвятить его по материнскому обету на служение богу, то мальчик затосковал невыносимо, не столько по матери, сколько о своем простодушном учителе. И эта тоска так повлияла на слабую организацию нежного ребенка, что он скоро заболел, слег и наверно бы умер, если бы его неожиданно не навестил Пиднебесный.

Он понял причину недуга своего маленького друга и, вернувшись в Парипсы, сумел внушить Дукачихе, что жертва богу не должна быть детоубийством. А потому советовал не томить более дитя в монастыре, а устроить его в "живую жертву". Пиднебесный указывал путь не совсем чуждый и незнакомый малороссийскому казачеству: он советовал отдать Савву в духовное училище, откуда он потом может перейти в семинарию — и может сделаться сельским священником, а всякий сельский священник может сделать много добра бедным и темным людям и стать через это другом Христовым и другом божиим.

Дукачиха убедилась доводами Охрима, и отрок Савка был

взят из монастыря и отвезен в духовное училище. Это все одобряли, кроме одной Керасивны, в которую, вероятно за ее старые грехи, — вселился какой-то сумрачный дух противоречия, сказывавшийся весьма неистовыми выходками, когда дело касалось ее крестника. Она его как будто и любила и жалела, а между тем бог знает как на его счет смущала.

Это началось еще с самого младенчества: понесут, бывало, Савку причащать — Керасивна кричит:

— Що вы робите! не надо; не носить его... се така дытына... неможна его причащать.

Не послушают ее — она вся позеленеет и либо смеется, либо просит народ в церкви:

— Пустите меня скорее вон, — щоб мои очи не бачили, як ему будут Христовой крови давать.

На вопросы: что это ее так смущает? — она отвечала:

— Так, мени тяжко! — из чего все и заключили, что с тех пор, как она поисправилась в своей жизни и больше не колдует, черт нашел в ее душе убранную хороминку и вернулся туда, приведя с собою еще несколько других "бисов", которые не любят ребенка Савку.

И впрямь, "бисы" жестоко расхлопотались, когда Савку повезли в монастырь: они так поджигали Керасивну, что та больше трех верст гналась за санями, крича:

— Не губите свою душу — не везите его в монастырь, — бо оно к сему не сдатное.

Но ее, разумеется, не послушали, — теперь же, когда пошла речь об определении мальчика в училище, "откуда в попы выходят", — с Керасивной сделалась беда: ее ударил паралич, и она надолго потеряла дар слова, который возвратился к ней, когда дитя уже было определено.

Правда, что при определении Савки явилось было и еще одно маленькое препятствие, которое состояло в том, что никак не могли найти его записанным в метрические книги перегудинской церкви, но это ужасное обстоятельство для школ гражданских — в духовных училищах принимается несколько мягче. В духовных училищах знают, что духовенство часто позабывает вписывать своих детей в метрики. Окрестивши, хорошенько подвыпьют — боятся писать, что руки трясутся; назавтра похмеляются; на третий день ходят без памяти, а потом так и забудут вписать. Случаи такие известны, и, конечно, так это было и здесь, а потому хотя смотритель руганул причет пьяницами, но мальчика принял, как он записан по исповедным росписям. А в исповедных росписях

Савва был записан прекрасно: точно, и даже не по одному разу в год.

Этим все дело и исправили, — и пошел хороший мальчик Савка отлично учиться — окончил училище, окончил семинарию и был назначен в академию, но неожиданно для всех отказался и объявил желание быть простым священником, и то непременно в сельском приходе. Отец молодого богослова — старый Дукач к этому времени уже умер, но мать его, старушка, еще жила в тех же Парипсах, где как раз об эту пору скончался священник и открылась вакансия. Молодой человек и попал на это место. Неожиданная весть о таком назначении очень обрадовала парипсянских казаков, но зато совершенно лишила смысла остаревшую Керасивну.

Услышав, что ее крестник Савва ставится в попы, она без стыда разорвала на себе плахту и намисто; пала на кучу перегноя и выла:

— Ой земля, земля! возьми нас обоих! — Но потом, когда этот дух ее немножко поосвободил, она встала, начала креститься и ушла к себе в хату. А через час ее видели, как она вся в темном уборчике и с палочкой в руках шла большим шляхом в губернский город, где должно было происходить поставление Саввы Дукачева в священники.

Несколько человек встретили на этом шляхе Керасивку и видели, что она шла очень поспешаючи, — ни отдыхать не садилась и ни о чем не разговаривала, а имела такой вид, как бы на смерть шла: все вверх глядела и шепотом что-то шептала, — верно, богу молилась. Но бог и тут не внял ее молитве. Хотя она и попала в собор в ту самую минуту, когда дьяконы, наяривая ставленника в шею, крикнули "повелите", но никто не внял тому, что из толпы одна сельская баба крикнула: "Ой, не велю ж, не велю!" Ставленника постригли, а бабу выпхали и отпустили, продержав дней десять в полиции, пока она перестирала приставу все белье и нарубила две кади капусты. — Керасивна об одном только интересовалась: "чи вже Савка пип?" И, узнав, что он поп, она пала на колени и так на коленях и проползла восемь — десять верст до своих Парипс, куда этими днями уже прибыл и новый "пип Савка".

XIX

Парипсянские казаки, как сказано, были очень рады, что им назначили пана-отца из их же казачьего рода, и встретили попа Савву с большим радушием. Особенно их расположило к нему еще то, что он был очень почтителен с старой матерью и сейчас же, как приехал, спросил про свою "крестную", — хотя наверно слыхал, что она была и такая, и сякая, и ведьма. Он ничем этим не погнушался. Вообще всем показалось, что человек этот обещал быть очень добрым священником, и он таким и был на самом деле. Все его полюбили, и даже Керасивна ничего против него не говорила, а только порою супила брови да вздыхала, шепча:

— Усе бы добре, да як бы в сей юшке рыбка была.

Но рыбки в ухе, по ее мнению, не было, а без рыбы нет и ухи. Стало быть, как ни хорош поп Савва, а он ничего не стоит, и это непременно должно обнаружиться.

И впрямь — в нем начали замечаться странности: во-первых, он был беден, но совершенно равнодушен к деньгам. Во-вторых, вскоре овдовев, он не выл и не брал себе молодой наймычки; в-третьих, когда несколько женщин пришли ему сказать, что идут по обету в Киев, то он советовал заменить их поход обетом послужить больным и бедным, а прежде всего успокоить семью заботами о доброй жизни; а что касается данного обета, — он оказал неслыханную дерзость — вызвался разрешить его и взять ответ на себя. "Разрешить обет, данный угодникам..." Это многим показалось таким богохульством, которое едва ли возможно для человека крещеного. Но и на этом дело не остановилось — поп Савва вскоре же дал противу себя еще большие сомнения: в первый же великий пост, когда все прихожане перебывали у него на духу, оказалось, что он ни одному человеку не запретил есть, что ему бог послал, и никому не назначил епитимных поклонов, а если и были от него кому-нибудь епитимные назначения, то они показывали новые странности. Так, например, мельнику Гаврилке, который заведомо брал за помол очень глубоким ковшом, отец Савва настоятельно наказал сейчас же после исповеди состригнуть в этом ковше края, чтобы не брать лишнего зерна. Иначе не хотел дать ему причастия — и привел ему на то доводы от писания, что неправая мера бога гневает и может навлечь наказание. Мельник послушался, и все перестали им обижаться, к повалил на его мельницу помол без перерыва. Он всенародно признался, что так с ним Саввина епитимия сделала. Молодая, очень горячая бабенка, бывшая за вторым мужем, лютовала над первобрачными детьми. Отец Савва и в это дело вмешался, и после первого же своего говенья у него молодая мачеха как переродилась и стала добра к падчерицам и к пасынкам. Жертвы за грехи он хотя и принимал, — но не на ладан и не на свечи, а для двух бездомных и бесприютных сироток Михалки и Потапки, которые жили у попа Саввы в землянке под колокольней.

— Да, — скажет, бывало, поп Савва бабе или девушке, — дай бог, чтобы тебе это было прощено и чтобы ты вперед не согрешала, а ты для того поусердствуй: послужи господу.

— Радым рада, батечку, тильки не знаю: чим ему услуговать... хиба сходить у Кыев.

— Нет, никуда далеко ходить не надо, — дома трудись и не делай того, что делала, а теперь сейчас пойди смеряй божиих деток Михалку да Потапку и сшей им по порточкам, хоть по коротеньким, да по сорочке. А то велики стали — стыдятся голые пузеня людям казать.

Грешницы охотно несли и эту епитимию, и Михалка с Потапкой жили под опекою отца Саввы, как у самого Христа за пазушкой — и не только "голых пузеней" не показывали, но и всего своего сиротства почти не замечали.

И подобные епитимий о. Саввы были не только всем под силу, но и многим очень по сердцу — даже утешительны. Только, наконец, о. Савва выкинул такую штуку, которая ему обошлась дорого. Стали к нему, в его маленькую церковку ходить окольные люди из перегудинского прихода, где он был крещен и где теперь был уже другой поп — не тот, с которым выпивала в своей молодости Керасивна и к которому она возила по знакомству крестить Дукачева Савку. Это положило начало недружеству со стороны перегудинского попа к о. Савве, а тут произошел другой вредный случай: умер перегудинский прихожанин, богатый казак Оселедец, и, умирая, хотел завещать "копу рублей на велыкий дзвин", то есть на покупку большого колокола, но вдруг, поговорив перед самою смертью с отцом Саввою, круто отменил свое намерение и ничего не назначил на велыкий дзвин, а призвал трех хороших хозяев и объявил, что отдает им эту копу грошей с завещанием употребить их на ту "божу потребу, яку скаже пан-отец Савва".
— Казак Оселедец умер, а пан-отец Савва указал построить за его копу грошей светлую хату с растворчатыми окнами и стал собирать в нее ребят да учить их грамоте и слову божию.

Казаки думали, что это, пожалуй, дело хорошее, но не

35

знали: богоугодное ли оно дело; а перегудинский поп это им вытолковывал так, что дело выходит не богоугодное. Про то он обещал и донос писать, и написал. Отца Савву звали к архиерею, но отпустили с миром, и он продолжал свое дело: служил и учил и в школе, и дома, и на поле, и в своей малой деревянной церковке. Времени прошло несколько лет. Перегудинский поп, соревнуя отцу Савве, этою порою отстроил каменную церковь не в пример лучше парипсянской и богатый образ достал, от которого людям разные чудеса сказывал, но поп Савва и его чудесам не завидовал, а все вел свое тихое дело по-своему. Он в той же деревянной маленькой церкви молился и божие слово читал, и его маленькая церковка ему с людьми хоть порою тесна была, да зато перегудинскому попу в его каменном храме так было просторно, что он чуть ли не сам-друг с пономарем по всей церкви расхаживал и смотрел, как смело на амвон церковная мышь выбегала и опять под амвон пряталась. И стало это перегудинскому попу, наконец, очень досадно, но он мог лютовать на своего парипсянского соседа, отца Савву, сколько хотел, а вреда ему никакого сделать не мог, потому что нечем ему было под отца Савву подкопаться, да и архиерей стоял за Савву до того, что оправдал его даже в той великой вине, что он переменил настроение казака Оселедца, копа грошей которого пошла не на дзвин, а на школу. Долго перегудинский поп это терпел, довольствуясь только тем, что сочинял на Савву какие-нибудь нескладицы вроде того, что он чародей и его крестная матка была всем известная в молодости гулячка и до сих пор остается ведьмой, потому что никому на духу не кается и не может умереть, ибо в писании сказано: "не хощет бог смерти грешника", но хочет, чтоб он обратился. А она не обращается, — говеет, а на дух не ходит.

Это таки и была правда: старая Керасивна, давно оставившая все свои слабости, хоть и жила честно и богобоязненно, но к исповеди не ходила. Ну и возродились опять толки, что она ведьма и что, может быть, и вправду пан-отец Савва хорош "за ее помогай".

Стал такой говор, а тут к делу подоспел другой пустой случай: стало у коров молоко пропадать... Кто этому мог быть виноват, как не ведьма; а кто еще большая ведьма, как не старая Керасивна, которая, всем известно, на целое село мару напускала, мужа чертом оборачивала и теперь пережила на селе всех своих сверстников и ровесников и все живет и ни исповедоваться, ни умирать не хочет.

Надо было довести ее до того и до другого, и за это взялись несколько добрых людей, давших себе слово: кто первый встретит старую Керасивну в темном месте, — ударить ее, — как надлежит настоящему православному христианину бить ведьму, — один раз чем попало наотмашь и сказать ей:

— Издыхай, а то еще бить буду.

И одному из тех богочтителей, которые взялись за такой подвиг, посчастливилось: повстречал он старую Керасивну в безлюдном закоулке и сподобился так угостить ее с одного приема, что она тут же кувырнулась ничком и простонала:

— Ой, умираю: зовите попа — исповедаться хочу. Сразу ведьма узнала, за что ее ударили! Но чуть перетащили ее домой и прибежал к ней в перепуге отец Савва, она опять передумала и начала оттягивать:

— Мне у тебя, — говорит, — нельзя исповедоваться, — твоя исповедь не пользует, — хочу другого попа!

Добрый отец Савва сейчас же на своей лошадке послал в Перегуды за своим порицателем — тамошним священником, и одного опасался, что тот закобенится и не приедет; но опасение это было напрасно: перегудинский поп приехал, вошел к умирающей и оставался с нею долго, долго; а потом вышел из хаты на крылечко, заложил дароносицу за пазуху и ну заливаться самым непристойным смехом. Так смеется, так смеется, что и унять его нельзя, и люди смотрят на него и понять не могут: к чему это статочно.

— Да ну бо, — годи вам, пан-отче: что-то вы так смиетесь, що нам аж страшно, — говорят ему люди. А он отвечает:

— О, то же оно так и надлежит, щобы вам було страшно; да щобы всим страшно було — на весь крещеный мир, бо у вас тут такое поганство завелось, якого от самого первого дня — от святого князя Владимира не було.

— О, да бог з вами, — не пужайте так страшно: идить, будьте ласковы швидче до отца Саввы — с ним поговорить: нехай вин що добре вздумае, — як помогты хрыстияньским душам.

А перегудинский поп еще больше расхохотался и вдруг весь позеленел, глаза выпучил и отвечает:

— Дурни вы вси — темны и непросвещенные люди: школу себе вывели, а ничего не бачите.

— Да того же мы вас и просим: идите до нашего отца Саввы, — вин вас у себя в хате дожида: сядьте с ним поговорить: вин все бачит.

— Бачит! — закричал перегудинский поп. — Ни; ничего вин не бачит: вин и того не зна: кто вин сам такий есть на свити!

— Се мы вси знаемо, що вин наш пан-отец — пип.

— Пип!

— А вже ж пип.

— А я вам кажу, що вин совсим и не пип!

— Як не пип?

— А так, не пип, да и не христианин.

— Як не христианин! годи бо вам: що се вы брешете?

— А ни: не брешу — он не христианин.

— А що ж вин таке?

— Що вин таке?

— Да!

— А бисяка его знае, що вин таке! Люди даже отшатнулись и перекрестились, а перегудинский поп сел в сани и говорит:

— Вот я прямо от вас еду к благочинному и везу ему такую весть, що на весь мир христианский будет срам велыкий, и тогда вы побачите, що и пип ваш — не пип и не христианин, и дитки ваши не христиане, а кого он из вас венчав — те все равно что не венчаны, и те, которых схоронил, — умерли яко псы, без отпущения, и мучатся там в пекле, и будут вик мучиться, и нихто их оттуда выратувать не может. Да; и все это, что я говорю, — есть великая правда, и с тем я до благочинного еду, а вы если мне не верите, — идите все зараз до Керасихи, и поки она еще дышит, — я приказал ей под страшным заклятием, чтобы она вам все рассказала: кто есть таков сей чоловик, що вы зовете своим попом Саввою. Да, годи уже ему людей портить: вон и сорока села у него на крыше и кричит: "Савка, скинь кафтан!" Ничего; скоро увидимся. — Хлопче! погоняй до благочинного, а ты, сорочка, чекочи громче: "Савка, скинь кафтан!" А мы с благочинным сейчас назад будем.

С этим перегудинский поп ускакал, а люди, сколько их тут было, — хотели все кучей валить в хатку Керасивны, — чтобы допытать ее: что такое она наговорила про своего крестника — отца Савву; но, мало подумавши, решили сделать еще иначе, послать к ней двух казаков, да чтобы с ними третий был сам поп Савва.

XX

Пришли казаки и отец Савва и застали Керасивну, что она лежит под образами и сама горько-прегорько плачет.

— Прости меня, — говорит, — мое серденько, мое милое да несчастливое, — заговорила она до Саввы, — носила я в своем

38

сердце твою тайную причину, а свою вину больше як тридцать лет и боялась не только наяву ее никому не сказать, но шчоб и во сне не сбредила, и оттого столько лет и на дух не шла, ну а теперь, когда всевышнему предстать нужно, — все открыла.

Отец Савва, может быть, и струсил немножко чего-нибудь, потому что вся эта тайна его слишком сурово дотрогивалася, но виду не показал, а спокойно говорит:

— Да што таке за дило велыке?

— Грех велыкий я содеяла, и именно над тобою.

— Надо мною? — переспросил отец Савва.

— Да, над тобою: я тебе все в жизни испортила, потому что хотя ты и писанию научен и в попы поставлен, а ни к чему ты к этому не годишься, потому что ты сам до сих пор некрещеный человик.

Не мудрено себе представить, что должен был почувствовать при таком открытии отец Савва. Он сначала было принял это за болезненный бред умирающей — даже улыбнулся на ее слова и сказал:

— Полно, полно, крестнинькая: как же я некрещеный, когда ты моя крестная?

Но Керасивна обнаруживала полную ясность ума и последовательность в своем рассказе.

— Оставь про это, — сказала она. — Якая я тебе крестная? Никто тебя не крестил. И кто во всем этом виноват, — я не знаю и во всю жизнь не могла узнать: зробилось ли это от наших грехов или, может быть, больше от Виколиной велыкой московськой хитрости. Но вот идет перегудинский пан-отец с благочинным — сиди и ты здесь, — я всем все расскажу.

Благочинный было не хотел, чтобы отец Савва и казаки слушали признания Керасивны, но она настояла на своем, под угрозою, что иначе не будет рассказывать.

Бот ее исповедь.

XXI

— Поп Савва, — говорит, — совсем и не поп и не Савва, а человек нехрещеный, и это дело я одна знаю на свете. Пошло это все с того, что его покойный отец, старый Дукач, был очень лют: все его не любили и все боялись, и когда у него родился сын, никто не хотел идти в кумовья, чтобы хрестить это дытя.

Звал старый Дукач и судейского паныча и дочку нашего покойного пана-отца, да никто не пошел. Тогда старый Дукач еще больше разлютовался на весь народ и на самого пана-отца — и его самого не захотел крестить просить. "Обойдусь, говорит, без всего, без их звания". Кликнул племянника. Агапку, что у него по сиротству в дурнях жил, да и велел пару коней запрячь и меня кумою позвал: "Поезжай, говорит, Керасивна, с Агапом в чужое село и нынче же окрестите мою дытину". И он мне шубу подарил, только бог с нею, — я ее после того случая и не надевала: вон она как и теперь через все тридцать лет цела висит. И наказал мне Дукач одно, что "смотри, говорит, як Агап человек глупый, он ничего сделать не сумеет, то ты гляди, добре с попом уладьтесь, щобы он, чего боже борони, но якой ни есть злобе не дал хлопцу якого имени не христианского, грудного, або московського. На двори у нас Варварин день, а то очень опасно, — бо тут коло Варвары сряду близко Никола живет, а Никола и есть самый первый москаль, и он нам, казакам, ни в чем не помогает, а все на московську руку тянет. Що там где ни случись, хоть и наша правда, — а он пойдет, так-сяк перед богом наговорит, и все на московську руку сделает, и своих москалей выкрутит и оправит, а казачество обидит. Борони бог нам и детей в его имя называть. А вот тут же рядом с ним живет святый Савка. Этот из казаков и да нас дуже добрый. Який он там ни есть, хоть и не важный, а своего казака не выдаст".

Я говорю:

"Се так: да маломочен вин, святый Савка!"

А Дукач говорит:

"Ничего, что маломочен, — зато вин дуже штуковатый: где его сила не возьмет, так на хитрость подымется и как-нибудь да отстоит казака. А мы ему в силе сами помочь дадим, станем свечи ставить и молебен споем: бог побачит, що и святого Савку люди добре почитают, и сам на его увагу поверне, а вин тогда и подсилится".

Я все, что Дукач просил, — ему обещала. И завернула малого в шубу, крест его себе на шею надела, а вноги барилочку с сливянкой поставили, и поехали. Но только мы с версту отъехали, как поднялась метель — просто ехать нельзя: зги никакой не видно.

Я говорю Агапу:

"Нельзя нам ехать, — воротимся!"

А он дяди боялся и ни за что не хотел воротиться.

"Бог даст, — говорит, — доедем. А мне чи замерзнуть, чи меня дядько убье — то все едыно".

И все коней погоняет, и как уперся, так на своем и стоит.

А тем временем стало темнеть, и сделалось не видно и следа. Едем мы, едем, и не знаем, куда едем. Кони туда-сюда вертят, крутятся, — и никуда не приедем. Перезябли мы страшно и, чтобы не застыть, взяли и сами потянули из той барилочки, что перегудинскому попу везли. А я на дитя посмотрела: думала — борони бог, не задохло бы. Нет, тепленькое лежит и дышит так, что даже парок от него валит. Я ему дырочку над личиком прокопала — пусть дышит, и опять поехали, и опять ездили, ездили, видим, мы опять все крутимся, и нет нам во тьме никакого просвета, а кони куда знают, туда и воротят. Теперь уже и домой вернуться, как раньше думали, чтобы переждать метель, и того нельзя, — нельзя уже стало и знать, куда ворочаться: где Парипсы, а где Перегуды. Я послала Агапа, чтобы встал да коней на поводу вел, а он говорит: "Якая ты умная! мне холодно". Обещаю ему, как домой вернемся, злот ему дать, а он говорит:

"На що мени ваш и злот, як мы оба тут издохнем. А если хотите мне что сделать от доброй души, так дайте мне еще хорошенько потянуть из барила". Я говорю: "Пей сколько хочешь", — он и попил. Попил и пошел вперед, чтобы брать коней за узду, да заместо того сейчас же сразу назад: вернулся и весь трясется.

"Что ты, — говорю, — что с тобою такое?"

А он отвечает:

"Да ишь вы, — говорит, — якая умная: разве я могу против Николы перти?"

"Что ты, глупый человек, говоришь: чего тебе против Николы перти?"

"А кто его знает, — говорит, — чего он там стоит?"

"Где, кто стоит?"

"А вон там, — говорит, — у самого запряга — впереди коней".

"Да цур тобе, дурню, — говорю, — ты пьян!"

"Эге, хорошо, — отвечает, — что пьян, а вот же твой муж был и не пьян, да мару видел, и я вижу".

"Ну вот, — говорю, — ты еще моего мужа вспомнил: что он видел — это я лучше тебя знаю, что он видел, а ты говори: что тебе показывается!"

"А стоит що-сь таке совсим дуже велике в москозськой золотой шапци, аж с нее искры сыплются".

"Это, — говорю, — у тебя у самого из пьяных глаз сыпется".

41

"Нет, — спорит, — это Никола в московьской, шапци. Он нас и не пуска".

Я и вздумала, что это, может, быть, неправда, а может, и вправду за то, что мы не хотели хлопца Николою писать, а Савкою, и говорю:

"Нехай же по его буде: не пуска, и не надо — мы ему теперь уступим, а завтра по-своему сделаем. Пусти коней идти, куда хотят, — они нас домой привезут; а ты теперь зато хоть всю барилочку выпей".

Смутила я Агапа.

"Ты, — говорю, — выпей побольше и только знай помалчивай, а я такое брехать стану, что никому в ум не вступит, что мы брешем. Скажем, что детину охрестили и назвали его, как Дукач хотел, добрым казачьим именем — Савкою, — вот и крестик пока ему на шейку наденем; и в недилю (воскресенье) скажем: пан-отец велел дытину привезти, чтобы его причастить, и как повезем, тогда зараз и окрестим и причастим — и все будет тогда, как следует по-христианскому".

И открыла опять дытиночка, — оно такое живеньке, спит, а само тепленьке, даже снежок у него на лобике тает; я ему этой талой водицей на личике крест обвела и проговорила: во имя отца, сына, и крестик надела, и пустились на божию волю, куда кони вывезут.

Кони все шли да шли — то идут, то остановятся, то опять пойдут, а погода все хуже да хуже, стыдь все лютее. Агап совсем опьянел, сначала бормотал что-то, а после и голоса не стал подавать — свалился в сани и захрапел. А я все стыла да стыла и так и не пришла в себя, пока меня у Дукача в доме снегом стали оттирать. Тут я очнулась и вспоминала, что хотела сказать, и то самое сказала, что дитя будто охрещено и что будто дано ему имя Савва. Мне и поверили, и я покойна была, потому что думала все это поправить, как сказано, в первое же воскресенье. А того и не знала, что Агап был застреленный и скоро умер, а старого Дукача в острог берут; а когда узнала, я хотела во всем повиниться хоть старой Дукачихе, да никак не решалася, потому что в семье тогда большое горе было. Думала, расскажу это все после, да и после тяжело было это открывать, и так все это день ото дня откладывалось. А время шло да шло, а хлопец все рос; и все его Савкой звали, и в науку его отдали, — я все не собралась открыть тайну, и все мучилась, и все собиралась открыть, что он некрещеный, а тут, когда вдруг услыхала, что его даже в попы ставят, — побежала было в город сказать, да меня не допустили и его поставили, и говорить

42

стало не к чему. Зато с тех пор я уже и минуты покоя не знаю — мучусь, что через меня все христианство на моем родном месте с некрещеным попом в посмех отдается. Потом, чем старее становилась и видела, что люди его все больше любят, тем хуже мучилась и боялась, что меня земля не примет. И вот только теперь, в мой смертный случай, насилу сказала. Пусть простит мне все христианство, чьи души я некрещеным попом сгубила, а меня хоть живую в землю заройте, и я ту казнь приму с радостью".

Благочинный и перегудинский поп все это выслушали, все записали и оба к той записи подписались, прочитали отцу Савве, а потом пошли в церковь, положили везде печати и уехали в губернский город к архиерею и самого отца Савву с собой увезли.

А народ тут и зашумел, пошли переговоры: что это такое над нашим паном-отцом, да откудова и с какой стати? И можно ли тому быть, как говорит Керасиха? Статочное ли дело ведьме верить?

И сгромоздили такую комбинацию, что все это от Николы и что теперь надо как можно лучше "подсилить" перед богом святого Савку и идти самим до архиерея. Отбили церковь, зажгли перед святцами все свечи, сколько было в ящике, и послали вслед за благочинным шесть добрых казаков к архиерею просить, чтобы он отца Савву и думать не смел от них трогать, "а то-де мы без сего пана-отца никого слухать не хочем и пойдем до иной веры, хоть если не до катылицкой, то до турецькой, а только без Саввы не останемся".

Вот тут-то архиерею и была загвоздка почище того, что "диакон ударил трепака, а трепак не просит: зачем же благочинный доносит?"

Керасивна умерла, подтвердив в своем порыве покаяния всем то, что мы знаем, и выборные казаки пошли к архиерею и всю ночь все думали о том, что они сделают, если архиерей их не послушает и возьмет у них попа Савву?

И еще тверже решили, что вернутся они тогда на село — сразу выпьют во всех шинках всю горелку, чтобы она никому не досталась, а потом возьмет из них каждый по три бабы, а кто богаче, тот четыре, и будут настоящими турками, но только другого попа не хотят, пока жив их добрый Савва. И как это можно допустить, что он не крещен, когда им крещено, исповедано, венчано и схоронено так много людей по всему христианству? Неужели теперь должны все эти люди быть в "поганьском положении"? Одно, что казаки соглашались еще уступить архиерею, — это то, что если нельзя отцу Савве попом оставаться, то пусть архиерей его у себя, где знает, тихонько окрестит, а только чтобы все-таки он его оставил... или иначе они... "удадутся до турецькой веры".

XXII

Это опять было зимою, и опять было под вечер и как раз около того же Николина или Саввина дня, когда Керасивна тридцать пять лет тому назад ездила из Парипсов в Перегуды крестить маленького Дукачева сына.

От Парипс до губернского города, где жил архиерей, было верст сорок. Отправившаяся на выручку отца Саввы громада считала, что она пройдет верст пятнадцать до большой корчмы жида Иоселя, — там подкрепится, погреется и к утру как раз явится к архиерею.

Вышло немножко не так. Обстоятельства, имеющие прихоть повторяться, сыграли с казаками ту самую историю, какая тридцать пять лет тому назад была разыграна с Агапом и Керасивной: поднялась страшная метель, и казаки всею громадою начали плутать по степи, потеряли след и, сбившись с дороги, не знали, где они находятся, как вдруг, может быть всего за час перед рассветом, видят, стоит человек, и не на простом месте, а на льду над прорубью, и говорит весело:

— Здорово, хлопцы! Те поздоровались.

— Чего, — говорит, — это вас в такую пору носит: видите, вы мало в воду не попали,

— Так, — говорят, — горе у нас большое, мы до архиерея спешим: хотим прежде своих врагов его видеть, щобы он на нашу руку сделал.

— А что вам надо сделать?

— А чтобы он нам некрещеного попа оставил, а то мы такие несчастливые, що в турки пидемо.

— Как в турки пидете! Туркам нельзя горелки пить.

— А мы ее всю вперед сразу выпьем.

— Ишь вы, какие лукавые.

— Да що же маем робить при такой обиде — як доброго попа берут.

Незнакомый говорит:

— Ну так расскажите-ка мне все толком.

Те и рассказали. И так ни с того ни с сего, стоя у проруби,

умно все по порядку сказали и опять дополнили, что если архиерей им не оставит того Савву, то они "всей веры решатся".

Тут им этот незнакомый и говорит:

— Ну, не бойтесь, хлопцы, я надеюсь, что архиерей хорошо рассудит.

— Да воно б так и нам, — говорят, — сдается, что такий великий чин маючи, надо добре рассудить, а бог его церьковный знае...

— Рассудит; рассудит, а не рассудит, так я помогу.

— Ты?.. а ты кто такой?

— Скажи: як тебя звать?

— Меня, — говорит, — звать Саввою. Казаки друг друга и толкнули в бок.

— Чуете, се сам Савва.

А тот Савва им потом: "Вот, — говорит, — вы пришли куда вам следует, — вон на горке монастырь, там и архиерей живет".

Смотрят, и точно: виднеть стало, и перед ними за рекою на горке монастырь.

Очень казаки удивились, что под такою суровою непогодою без отдыха прошли сорок верст, и, взобравшись на горку, сели они у монастыря, достали из сумочек у кого что было съедобного и стали подкрепляться, а сами ждут, когда к утрене ударят и отопрут ворота.

Дождались, вошли, утреню отстояли и потом явились на архиерейское крыльцо просить аудиенции.

Хотя наши архипастыри и не очень охочи до бесед с простецами, но этих казаков сразу пустили в покои и поставили в приемную, где они долго, долго ждали, пока явились сюда и перегудинский поп, и благочинный, и поп Савва, и много других людей.

Вышел архиерей и со всеми людьми переговорил, а с благочинным и с казаками ни слова, пока всех других из залы выпустил, а потом прямо говорит казакам:

— Ну что, хлопцы, обидно вам? Некрещеного попа себе очень желаете? А те отвечают:

— Милуйте — жалуйте, ваше высокопреосвященство: як же не обида... такий був пип, такий пип, що другого такого во всем хрыстианстве нема...

Архиерей улыбнулся.

— Именно, — говорит, — такого другого нема, — да с этим оборачивается до благочинного и говорит:

— Поди-ка в ризницу: возьми, там тебе Савва книгу приготовил, принеси и читай, где раскрыта.

А сам сел.

Благочинный принес книгу и начал читать: "Не хощу же вас не ведети, братие, яко отцы наши вси под облаком быша, и вси сквозь море проидоша, и вси в Моисея крестишася во облаце и в мори. И вси тожде брашно духовное ядоша, и вси тожде пиво духовное пияху, бо от духовного последующего камене: камень же бе Христос".

На этом месте архиерей и перебил, говорит:

— Разумеешь ли, яже чтеши?

Благочинный отвечает:

— Разумею.

— И сейчас ли только ты это уразумел!

А благочинный и не знает, что отвечать, и так наоболмаш сказал:

— Слова сии я и прежде чел.

— А если чел, так зачем же ты такую тревогу допустил и этих добрых людей смутил, которым он добрым пастырем был?

Благочинный отвечал:

— По правилам святых отец...

А архиерей перебил:

— Стой, — говорит, — стой: иди опять к Савве, он тебе даст правило.

Тот пошел и пришел с новою книгою.

— Читай, — говорит архиерей.

— Читаем, — начал благочинный, — у святого Григория Богослова писано про Василия Великого, что он "был для христиан иереем до священства".

— Сие к чему? — говорит архиерей.

А благочинный отвечает:

— Я только по долгу службы моей, как оказался он некрещеный в таком сане...

Но тут архиерей как топнет:

— Еще, — говорит, — и теперь все свое повторяешь! Стало быть, по-твоему, сквозь облако пройдя, в Моисея можно окреститься, а во Христа нельзя? Ведь тебе же сказано, что они, добиваясь крещения, и влажное облако со страхом смертным проникали и на челе расталою водою того облака крест младенцу на лице написали во имя святой троицы. Чего же тебе еще надо? Вздорный ты человек и не годишься к делу: я ставлю на твое место попа Савву; а вы, хлопцы, будьте без сомнения: поп ваш Савва, который вам хорош, и мне хорош и богу приятен, и идите домой без сомнения.

Те ему в ноги.

— Довольны вы?

— Дуже довольны, — отвечают хлопцы.

46

— Не пойдете теперь в турки?

— Тпфу! не пидемо, батьку, не пидемо.

— И всю горелку сразу не выпьете?

— Не выпьемо от разу, не выпьемо, цур ий, пек!

— Идите же с богом и живите по-христиански.

И те уже готовы были уходить, но один из них для большего успокоения кивнул архиерею пальцем и говорит:

— А будьте, ваша милость, ласковы отойти со мною до куточка.

Архиерей улыбнулся и говорит:

— Ну хорошо, пойдем до куточка.

Тут казак его и спрашивает:

— А звольте, ваша милость: звиткиля вы все се узнали, допреже як мы вам сказали?

— А тебе, — говорит, — что за дело?

— Да нам таке дило, чи се не Савва ли вас всим надоумив?

Архиерей, которому все рассказал его келейник Савва, посмотрел на хохла и говорит:

— Ты отгадал, — мне Савва все сказал.

А сам с этим и ушел из залы.

Ну, тут хлопцы и поняли все, как хотели. И с той поры живет рассказ, как маломочный Савва тихенько да гарненько оборудовал дело так, что московський Никола со всей своей силою ни при чем остался.

— Такий-то, — говорят, — наш Савко штуковатый, як подсилился, то таке повыдумывал, что всех с толку сбил: то от писания покажет, то от святых отец в нос сунет, так что аж ни чого понять не можно. Бог его святый знае: чи он взаправду попа Савву у Керасивны за пазухою перекрестил, чи только так ловко все закароголыв, що и архиерею не раскрутить. А вышло все на добре. На том ему и спасыби.

О. Савва, говорят, и нынче жив, и вокруг его села кругом штунда, а в его малой церковке все еще полно народу... И хоть неизвестно, "подсиливают" ли там нынче св. Савка по-прежнему, но утверждают, что там по-прежнему во всем приходе никакие Михалки и Потапки "голые пузеня" не показывают.

РУССКОЕ ТАЙНОБРАЧИЕ

ГЛАВА ПЕРВАЯ

Тайнобрачие в России несомненно существует, и притом в довольно значительных размерах. Едва ли в каком-либо общественном кружке не известно хотя одно супружество, сочетание которого не вполне законно или даже совсем противозаконно. А между тем все эти браки кем-то повенчаны и где-то записаны и терпятся "ради слабости человеческой" и ради страха суровой строгости неподатливого закона. Наше положение таково, что мы как бы не можем обходиться, не обходя закона. Оттого, кажется, у нас так и велика народная терпимость. Но тем не менее наше тайнобрачие не представляет собою чего-нибудь совершенно бесшабашного и безнравственного. Напротив, в нем замечаю даже уважение русского человека к границам свободы в пределах нравственности и эстетики. Это всего удобнее можно наблюдать в интересной практике, которую выработало русское тайнобрачие, до сих пор удивительным образом пренебрегаемое исследователями нашего народного духа в самых глубоких и смелых его проявлениях. Между тем такое явление, как тайнобрачие, более, чем многое иное, открывает в нашем народе изобилие здоровых элементов, ручающихся за его способность к широкому и свободному развитию жизни в несколько иных формах.

За "обилием материалов", упорно скопляющихся в наших повременных изданиях, исследованиям такого рода нет еще места, и потому приходится касаться их только слегка и издали, и притом по какому попало случаю и в какой попало форме.

Я расскажу, что мне известно об этом интересном предмете, именно по поводу свадьбы дяди Никса, которая, в связи с другим случаем тайнобрачия в нашем литературном кружке, дала мне возможность ознакомиться с удивительным механизмом этого своеобразного тайностроительства в русской церкви.

Несколько лет тому назад мне довелось быть в одном гостеприимном доме, где собралось много разного звания людей.

Это относилось уже к последнему времени, которое некто

удачно называет временем "реставрации упадка нравов". Охота ко всякого рода трактаментам и прениям тогда уже прошла, и так называемые образованные люди не находили более удовольствия в обмене мыслей. Мысли были изгнаны из обращения, и все, от прыткого поручика до авантажного тайного советника, обратились к универсальному русскому средству "убивать время" — сели за карты. Литераторы и ученые не отставали от явных поручиков и тайных советников: и они садились за ломберные столы без всякого зазрения совести и резались с теми самыми чиновниками, на которых недавно еще изливали жгучий яд своих обличительных сарказмов.

Об эту пору литературный старовер, не приручивший себя к картам, уже составлял для хозяев известное бремя. Он это чувствовал и, сознавая свою отсталость от современного общественного прогресса, прятался куда-нибудь "к чудакам". Если же случай застигал его врасплох среди "новейших" людей, он спешил сокращаться и исчезать, не нарушая господствующего строя занятий.

В таком положении очутился и я на том вечере, с которого начинаю мое повествование.

Драгоценными сведениями в области этих не имеющих письменной истории событий я обязан духовнику моего гостеприимного хозяина, столичному протоиерею, внушительную фигуру которого описать дано не моему перу.

Он появился на пиршестве как раз в то время, когда я собирался оттуда удалиться восвояси, и был виновником, что мне это не удалось, — о чем я, однако, не жалею. Так как все столики уже были заняты и для преподобного отца не находилось пристойной партии, то хозяева были в затруднении, к чему им пристроить своего почтенного духовника, и решили принести ему в жертву мое бесприкаянное недостоинство.

С этою целью меня немилосердно придержали и представили протоиерею с рекламирующею аттестациею, как автора "дьякона Ахилки".

Но преподобный отец сначала был неутешен: подав мне руку, он поправил у себя на груди важные кавалерии и обратился к хозяевам с словами горького упрека:

— Ахилку мы читали, и кто оного автор — знаем, а чтобы своего духовного и венчального отца в святой день без пульки оставить, так это можно сделать только совсем забывши закон и религию.

Но, однако, потом дело обошлось, и притом к

49

неописанному моему удовольствию, потому что я встретил в отце протоиерее человека чрезвычайно приятного: умного, доброго и большого практика.

Как только хозяева устроили его за одним столом "в мотью", он перестал негодовать и, усевшись в мягком кресле, позволил мне заговорить с ним об одном, некогда сильно меня интересовавшем, церковном деле.

Поводом к развившейся у нас интересной беседе послужило одно чрезвычайно казусное событие, о котором в свое время много говорили в русской печати, но никогда не коснулись того, что в этом было самого возмутительного и самого интересного и прямо било в глаза.

Один довольно известный в свое время литератор принимал к себе в дом тоже довольно известного педагога. Они были друзья, но потом поссорились, и педагог поступил непедагогично: он сделал на своего гостеприимного товарища донос с целью доказать, что особа, почитаемая за жену этого писателя, совсем ему не жена, и дети их не могут считаться детьми признающего их отца.

Ежедневные газеты занимались этим делом с одной общедоступной стороны — именно, со стороны "скандала в благородном семействе", и притом в таком семействе, глава которого принадлежал не к фаворитному из тогдашних направлений. Более достойного внимания в этом деле печать ничего не усмотрела, но я позволю себе теперь, в запоздалый след, указать то, что тут составляло самый важный интерес и было пропущено.

Супружество, о котором сделал донос педагог, действительно было не из законных, но оно, во всяком деле, было супружество венчанное, или, как говорят иные, "в церкви петое". А между тем когда, вследствие доноса, представилась надобность доказать венчание, то об этом нигде не оказалось никаких записей и никакого следа.

Стояла на земле церковь, в которой все сие "пета бяху", жил и наслаждался полным благоденствием батюшка, который призывал на брачившихся божие благословение, даже и дьячок играл на гитаре точно в тот день, когда новобрачный записывал у него в церковной квартире свой "обыск", но теперь выходило, что всего этого никогда не было, что ни батюшка, ни дьячок этих супругов никогда не венчали и, что всего важнее, в обыскной книге действительно ничего не записано.

Приняты были самые энергические и настойчивые попытки разоблачить эту таинственнейшую проделку и доказать факт венчания, но все оказалось безуспешно. Между тем брак действительно был венчан, — в этом со всею искренностию ручались оба супруга и очень престарелая мать одного из них, лично сидевшая во время совершения брачного обряда в церкви. Но куда же это исчезло из обыскных книг церкви и где брачное свидетельство, которое должно быть у каждой обвенчанной пары?

Его не было.

Почему?

Жена в этом случае ссылалась на мужа, а муж на свою оплошность.

Все это было как-то темно и маловероятно.

В родстве у супругов оказался очень проницательный и ловкий адвокат московской заправки, которого так и звали "московский пекарь". Пекаря выписали и пустили в ход, но он месил, месил в этой деже и ничего не вымесил... Концы были так похоронены, что ни одного из них нельзя было отыскать.

Долго адвокат рылся в архивах, много рыскал по разным местам, отыскивая свидетелей, которые подписывали поручительные записи в обыскной книге, но ни одного из них нигде не отыскал. Обращались, помнится, к содействию особых властей, но и те ничего не помогли, что, впрочем, было и неудивительно, потому что ни муж, ни жена не знали свидетелей, подписавших их обыскную книгу. Супруги уверяли только, что свидетели были и подписывались, но что они были поставлены самим батюшкою, который взялся за их дело аккордом, то есть что и свидетели и певцы — все будет от него.

— Мы, — говорили супруги, — считали это за самое удобное, а оно вышло вот как... неудобно.

Добиться подтверждения от батюшки — нечего было и думать: он раз навсегда наотрез отрезал, что он "лично таковых супругов не помнит", а потом особым властям довел, что он и не может помнить всех, кого он венчал, тем более что, по словам самих этих людей, — если они не лгут, — их венчание происходило десять лет назад, а в десять лет воды утечет много.

— Если я их венчал, — отвечал батюшка, — то брак их должен быть записан в обыскную книгу, и у них должно быть свидетельство. Это порядок всем известный, даже не исключая и таких безбожников, как писатели. А если в обыскных книгах записей нет и свидетельства нет, так, значит, венчал их не поп вокруг аналоя, а заяц вокруг ракитового куста. Опять и это тоже по-литературному, но только пусть они теперь туда и идут справки брать. А я, — говорит, — если мне с этим докучать еще будут, за шиворот их да к прокурору стащу за оклеветание.

Ясно было, что батюшка крепко кован и ничего не боится.

Но что выходило всего хуже, так это то, что ветхая старушка, мать одного из супругов, во всей этой сумятице совсем сбилась с толку и стала говорить самый бессвязный вздор. Московский софист до того изнурил ее, заставляя подробно припоминать все детали события, что она совсем все позабыла.

Старушка уверяла, будто хорошо помнит, что, едучи в церковь, она чуть не выпала из саней и так прозябла, что сидела в церкви не снимая шубы, тогда как, по показанию супругов, выходило, что брак их происходил в июне. Потом супруги говорили, что они перевенчались за несколько дней до рождения их старшего сына, который появился на свет 2-го июля, а матушка их помнила, что она тогда будто очень спешила к внучку.

Словом, выходила путаница, которая только прибавляла досаду к досаде.

Старушка, которую всем этим мучили, думала, думала, как ей согласить свою шубу и сани с июльской жарой и ее поспешливость к внуку прежде его рождения, и, наконец, объявила, что ей забило паморки.

— Теперь, — божилась она, — хоть к присяге идти — ничего не понимаю, что в самом деле было и что мне только кажется. Может быть, — говорит, — я в санях-то точно ехала, а про свадьбу вашу мне только так кажется. А может быть, я никуда и не ездила. Где это помнить!

Твердыми в своем оставалися одни супруги, которых все их знающие считали за людей очень правдивых и честных. Но их показание в своем собственном деле не представляло никакого юридического доказательства, да притом и оно, ввиду всех других несообраэностей, начало казаться странным. Даже московский адвокат, по близкому родству с супругами, первый готов был заподозрить основательность их свидетельства, а его примеру последовали другие. И пока газеты потешались насчет злополучных супругов с бестактною злобою, которой те нимало не заслуживали, судьба супругов и их детей была решена: дело было проиграно не только в надлежащих инстанциях, но и в общественном мнении людей, имеющих несчастие подчиняться давлению всякой печатной строчки.

Правда, что добрые знакомые супругов после всей этой передряги от них не отшатнулись, а, напротив, даже еще более о них соболезновали; но что касается недоказанного венчания, то ему уже положительно более не верили и даже ставили в упрек: зачем они так упорно стоят на своей неискусной выдумке?

Но могли ли так нагло и так упорно лгать эти люди, безусловно честные и безусловно правдивые, какими я их считал и имею все основания таковыми же считать их и поныне.

Это меня не переставало занимать и дало мне повод вызвать скучающего отца протоиерея на разъяснение: может ли случиться, чтобы брак, обвенчанный в церкви и записанный в книги, исчез бесследно, или же все это невозможная ложь?

Батюшка все это мне и разъяснил, и притом так обстоятельно, как может разъяснить человек, стоящий на высоте своего пастырского призвания и имеющий ум тонкий и проницательный, а знание сердца человеческого самосовершеннейшее.

ГЛАВА ВТОРАЯ

На мой вопрос: возможно ли, чтобы бесследно исчез брак, "петый в церкви", мой собеседник отвечал:

— Возможно.

Я рассказал ему вкратце историю непостижимого венчания литератора Z. <Е. Ф. Зарина>, который никак не мог доказать, что он был обвенчан.

— Слыхал, — проговорил отец протопоп, — хотя и не помню, где.

— Не в газетах ли читали?

— Вот именно дети в газетах где-то читали и мне рассказывали.

— Мне кажется — это удивительное и непонятное дело.

— Удивительного мало, а непонятного еще менее.

— Однако что же вы подумали: как это могло сделаться?

— Я подумал только: должно быть, их отец N. венчал.

Это действительно было так, как отгадывал мой собеседник, и потому я позволил себе предложить ему особый вопрос об отце N., венчания которого отличаются такою характеристическою непрочностью.

— Почему вы узнали, что это венчание трудов отца N?

— Вот странный вопрос: а по чему вы узнаете работу одного мастера от работы другого?

— По красоте исполнения, по прочности, иногда по фасону. Но ведь это совсем иное.

— То же самое. Отец N. это тоже своих дел портной без узелка...

— Извините, — говорю, — я этого не понимаю.

— Чего же вы не понимаете? Что значит "портной без узелка"? Значит, что у него нитка в шве не остается, а все насквозь проходит.

— И значит — шва совсем нет?

— Нет или есть — это уже как хотите, но только его шов не держится.

— Но какая же ему выгода так шить?

— Его выгода.

— Он рискует, с этакою манерою шва, остаться со временем без работы?

— Очень может быть, только это будет еще не скоро — не ранее как иже по просвещении.

— То есть когда это "по просвещении"?

— А когда в обществе распространятся настоящие понятия о тайне брачия и люди не будут вертеть этого дела как попало и с кем попало, лишь бы скорее да подешевле.

— Да неужто вы полагаете, что тут дело в цене?

— А разумеется; по плате и шитво: дешевая цена — такая и работа. Нынче, знаете, время такое базарное, ну и предложение по запросу: теперь человек и любит как-нибудь и венчается как-нибудь; берет для этого попишку какого-нибудь, а тот его свяжет тоже как-нибудь. А там, глядишь, оно — и развязалось.

— Вы, — замечаю, — батюшка, кажется, расположены в пользу старины.

— Нет-с, не особенно, а впрочем — как в чем и насчет чего. Если насчет того, будто бы древле было все лучше и дешевле, так я не старовер. А что насчет любви и склонности, а также серьезности брачных отношений, так тут я действительно люблю старинных людей. Они, конечно, кое-чего такого, что мы знаем, не знали, а уж что касается любить, то это они посерьезнее нас умели.

— Так ли? — говорю.

— Да уж так-с. Вы ведь — я знаю — сейчас готовы небось заговорить про рыцарей. А что за кушанье рыцари? — Это чушь. Нет, а вы в глубь веков погрузитесь, отколе ключ жизни идет: там настоящую прелесть любви и найдете.

— Где же это?

— В библии. Страстная книга: оттого ею многие иноки соблазняются. У меня ее раз инспектор из рук вырвал: "начитаешься, говорит, жениться захочешь". А он хлопотал, чтобы я в монахи пошел. Вот там любовь так любовь. Дочерито человеческие каково описаны: голенькие, без всяких нарядов, исполинов пленяли.

— Это, — говорю, — все доисторическое.

— А в историческом-то еще лучше: начнем хоть с отца нашего Иакова. Посмотрите, пожалуйста, что это за молодчина был по сердечной части! Вот настоящий месопотамский рыцарь — влюбился в Рахиль и шесть лет за нее, сердега, прослужил ее отцу — да ведь как отслужил: не в прохладном магазине за прилавком, а на поле под палящим солнцем. И что же? Его надули, и надули самым подлым образом: ему дурнолиценькую Лию подложили, а он впопыхах не разобрал. Винить нельзя: разговоров, верно, не было, а впотьмах все кошки серые. Но ведь он не унялся: не потянул тестя в суд, а еще на шесть лет себя забатрачил, чтобы добыть-таки свою зазнобу, и добыл. Так вот это человек — во всем значении слова, значит, любил. И женщине-то, как ей этакого чудесного мужчину не полюбить, потому что хоть он загорелый пастух, а меж тем кавалер во весь рост и во всю силу. Ну а нынче что же?.. Все проходимцы — все приданого ищут, либо завертят девчонку и уговорят, будто ей стыдно, если муж на нее работать станет. "Сама, говорят, матушка, рук не покладай — работай". Это женское равноправие, видите, называется; хитрость все, чтобы самому легче было. Снизойдет к ней когда-нибудь вечерком, как Юпитер, на ложе, и то если деться некуда, — осчастливит ее, когда той, бедняге, уже с усталости и не до утех любовных вовсе, а потом, наутро, встряхнулся, да и пошел опять свои рацеи разводить. А она опять работай, да еще, глядишь, с шарманочкой. Вот ей и равноправие. А другой, если увозит девушку, будто ее крадет, одним словом — "тайно венчается", а сам черт его не разберет, что такое он этим устраивает; даже, право, не разберешь, для чего это они делают: по любви, или по глупости, или еще того хуже — по подлости тайнобрачие ломают.

— Но по какой же подлости-то может быть нужно ломать тайнобрачие?

— По какой подлости?.. Эх, государь мой, еще какие, когда б вы знали, нынче являются на этот фасон выжиги и какие отхватывают коленца, так иной раз просто либо только диву дашься и расхохочешься или прямо вон от себя подлеца выгонишь.

— Скажите хоть один пример.

— А вот, например: подло или не подло сбить с толку дурочку, которую родные берегут и не дают обобрать? Ко мне явился раз с такою просьбою опекун, и в большом чине... ух, выжига!

— Вы их обвенчали?

— Нет, я-то не обвенчал. Я ему сказал: "Вы вельможа большая, да я не плут большой", а отец N. и их обвенчал.

— Он, по-видимому, отчаянный.

— Нет, куда там отчаянный! самый презренный трусишка, только ловок на выдумку.

— Но, однако, как же он: неужели всех, кого попало, венчает?

— Решительно кого попало, на это у него жадность, по привычке от отца, потому что его покойник отчаянный мастер на эти дела был; только я их не сравню: тот был благороден — дорого брал, но и знал, с кем поделиться. А этот как гиена: все ничком, сам с собою — один только все новые штуки подлые выдумывает.

— Значит, и тут, в тайнобрачии, замечается понижение тона и измельчание типа?..

— Да ведь как же иначе. Все "идет со временем", — как говорит блаженный Августин, — "все, освещаемое солнцем, разделяет его движимость, все изнемогает под тяжестью веков". А уж нашего брата, попа, тяжести веков-то давили, давили, да еще и сейчас не дают ослабы. К тайнобрачию-то наши духовные знаете ли как приучались.

— Как?

— Сначала по-девичьи, со стыдом и с мукою великою, — все равно как первую песенку зардевшись спеть, а потом из сострадания это делали, потому что наш закон очень лют, а ныне и они уж так, под кадриль всему всероссийскому плутовству, до бесстыдства дошли.

— Но это может служить не во вред людям.

— Совершенно верно, и потому-то надо бы только, чтобы люди, которым в этом нужда, знали практику и не попадались вот таким...

— Портным, которые без узлов шьют?

— Именно-с. Наше общество ведь еще очень глупо. Сведали, что попы нынче тайно венчают без затруднения, и думают, что это всеми все равно одинаково делается. А это совсем не все равно: поп попу рознь. Иной прямо откажет, другой возьмется, но с осторожкою, и хорошо сделает, а третий так слукавит, что ничего не стоит, даром что венчаны.

— Интересная, — говорю, — история.

— Да, небезынтересная, и очень небезынтересная-с. И издавна она. В старину, например, тайнобрачие часто по страху делалось. Мне мой дед рассказывал, как он в царствование Екатерины одного помещика с насильно увезенной боярышней венчал. Взяли дедушку обманом, из дому вызвали, да первое дело, благослови господи, веревочную петлю ему на шею накинули и повели в церковь. Дедушка думал, разбойники, — грабить храм хотят, и ключи им выставляет: "Берите, дескать, все, что хотите — последнюю ризу с царицы небесной снимайте, только мою грешную душу пощадите". Но видит: помещик и его люди стоят в церкви и пучки розог держат. "Венчай, говорят, сию минуту, а то запорем или на колокольне повесим".

Дедушка был уже очень старый старичок и до беспамятства перепугался, но одно только вспомнил — про архиерея.

"Смилуйтесь, — говорит, — наш архиерей змей этакий безжалостный, он узнает, тогда меня расстрижет, и моя старуха попадья без хлеба околеет".

А помещик отвечает:

"Не блекочи, старый баран, о пустяках: кому он архиерей, а кому все равно что ничего. Сейчас надевай ризу да пой покороче, за нами погоня скачет. Успеешь обвенчать — я тебе за это выгон целины дам и до смерти вашей с попадьею месячину давать буду, а не сделаешь по-моему, сейчас повешу".

Дедушка поклонился и стал облачаться, только просил, чтобы с него петли уже и не снимали, на тот конец, чтобы все-таки оправдание было.

— Так он и венчал их в петле?

— Так и венчал: впереди вокруг налою гайдук идет и деда ведет на обрывке, а он молодых ведет за руки.

— Что же — значит, дед ваш сделал дело невеликодушное.

— Чем-с?

— Способствовал насилию: вы же сами говорите, что невеста была взята насильно.

— Да разумеется, только ведь это дело-то, государь мой, все под петлей шло. Ишь вы, захотели еще при наших порядках геройства! Героев, сударь, вообще на свет родится не много, да много-то их и не нужно, а особенно на Руси их не требуется. У нас ведь их не жалуют. И знаете, через что?.. Хлопотно с ними. Право. Вот посмотри, например, на нас теперь откуда-нибудь честные люди — могут сказать, зачем это здесь все в карты играют, а не занимаются чем-нибудь серьезным; а займись-ка серьезностью — скажут: что это они засерьезкичали: о чем закручинились? Послать-ка к ним того, другого да третьего, разогнать им кручину... Ну их совсем, лучше шлепай картой да шлепай — покойнее. Или все говорят: мало правды на свете. И оно точно: ее мало. А начли-ка иному правдолюбцу всю правду-то сказывать, так он и слушать не станет, да еще "беспокойным" прозовет. Оттого и нет правды... А что до духовенства, то попишки наши, конечно, худы, но, поверьте, они по нашему времени такие и надобны. И это не от крови, а от тьмы века сего — от духов злобы поднебесной. Были бы у нас и не такие попы, да... говорить только не хочется. А то я, не выходя вот из этой же самой семейной моей, так сказать, хроники, имею тому доказательство, что попики с огоньком у нас бывали и есть, но только они нам не годятся, и ждет их конец часто бедственный.

Это касается родного брата моего отца и моего дяди, тоже сельского священника той же губернии, откуда все мы родом, а начало тому делу восходит к двенацатому году.

Дядюшка, отец Алексей, был старше моего отца и поступил на место того самого деда, который с веревкою на шее помещика венчал. А был он человек, по тогдашнему времени, нового поповского закала, что называлось, "платоновского" — разумеется, не по Платону-философу, а по митрополиту Платону Левшину, которым тогда по семинариям восторгалось немало пылких и благородных юношей и пламенно старались ему подражать в высоте мысли, в стойкости нрава, в достоинстве поведения и в благородстве чувств, да наставшая вскоре затем филаретовщина всех их свела и скорчила.

Вот такой был и дядя, от которого произошел на свет мой двоюродный брат, знаменитейший и самый благонамереннейший из наших нынешних тайнобрачных венчальников.

Священствовать дядя о. Алексей начал незадолго перед Отечественною войною, а в ту пору в одно село его прихода от французов прибежало из Москвы некое семейство чиновничье. Люди были бедные, беспристальные и бескровные — муж да жена с одним грудным сынишкой. Помещик, сын того же самого насильника Катерининых времен, почему-то знавал немножко этих можайских сирот и теперь, в их тяжкой беде, принял, но не на радость, а на новое горе. У чиновника жена была раскрасавица-красавица, из московского купеческого рода. Помещик чиновнику место где-то по карантинам достал, а жену у себя во флигелях поместил, да и воспользовался ее одиночеством. Не знаю уже, сталось это волею, или неволею, или своею охотою, а говорили только, будто она сделалась его добычею, хотя при этом всегда мужа любила.

Долго ее грех, разумеется, не утаился, потому что у помещика прежде этого свой крепостной гарем был и отставные наложницы все скоро разведали и заныли. Особенно

58

одна, как сейчас помню, — старухою ее мне еще показывали, — она в такое пришла неистовство, что, вероятно из мести, стала выкликать об этом в церкви за обеднею. Как херувимскую песнь запоют на клиросе, она ладан почует, и сейчас с ног хлоп на пол врастяжку, и пойдет причитать обличения. Всю эту публицистику она вела от лица помещенного будто в нее беса... "Сижу, — выкликает, — у Афимьи в утробе, под горячим сердцем, — тоской ее мучу ревнивою, а сам все вижу. Вижу, как Самоха с Давыда пример взял: Урию на войну услал, а к его Вирсаве со грехом ходит. Я-то все знаю и тем Химкино сердце сушу". Кричит, кричит этак, а потом взвоет: "Ах, куда деться, куда деваться". Жуткость даже этими криками на весь приход навела, тем более что за нею, по ее примеру, и другие закликали, все про ту же бедную барыньку, которая, может быть, и сама не рада была, что такого прелестника у подобных соперниц отбила.

Шла эта бесцензурная гласность до тех пор, пока узнал про нее "сам Самоха" и расправился с обличительницами по силе своей божественной власти, то есть одних отечески перепорол, а самую главную зачинщицу замуровал в какой-то чулан и держал там чуть не целых десять лет. А в это время, разумеется, невольный грех барыньки все продолжался, или по крайности так о нем все полагали.

Дядя же, отец Алексей, больше всех знал, потому что и чиновник, и жена его, да и "сам Самоха" у него исповедовались и, как люди верующие, сами ему все на духу сказывали. А чиновник-то даже и не на духу, а так прямо, по приязни, не раз ему свое горе открывал и искал у него духовного утешения. В селах ведь попам сердечное горе и до сих пор сказывают, особенно если попик не жаден да прост.

Дядя же был человек добрый и в свою меру благочестивый; его все любили. Он и чиновника этого в его огорчении добрым словом пользовал: когда, бывало, ему что-нибудь из Евстафия Плакиды приведет или из другой трогательной книжечки прочитает, а другой раз вечерком с ним домашних наливочек попьет или в мушку от скуки поиграет, и такими разнообразными приемами доброго участия очень успел его успокоить и примирить с его положением. Так жили они все лет пятнадцать и всякий день, как ныне в удивление пишут, "втроем по утрам чай пили". Муж считался управителем и помещался на особой половине, а помещик вблизи к его супруге; утром же опять к чаю трое садятся. Ревности муж по привычке уже никакой не чувствовал, но только стал, горький, запивать жестоко запоем и тогда опять, взволновавшись, плакался. Однако и это горе минуло; но настало новое, еще худшее, да и поучительное, поучительное в том смысле, что может показать вам, как иногда священник-то бывает высок и совестлив, да к тому же и сведущ в делах, ускользающих от всякого контроля не только высшей духовной власти, но и самого закона, который вотще все предузреть тщится.

ГЛАВА ТРЕТЬЯ

У чиновницы с тех пор, как она стала по утрам втроем чай пить, народилось много детей, и в числе оных была одна дочка, красавица-раскрасавица, не хуже матери. Помещик, лихо его ешь, глядел, глядел на нее, выбирал, выбирал ей женихов, да вдруг, в один прекрасный день, сам вздумал на ней жениться. Законные все претексты были к тому, что их можно было обвенчать, а только дядя отец Алексей больше всех законоведов знал: он, как духовник, знал грехи родительские. Да-с; он знал, что тут незаконного: девочка приходилась дочь жениху, — и как дело дошло до отца Алексея, он и уперся.

— Нет, — говорит, — не только не могу вас венчать, но обличаю вас. Бога убойтесь, сами ведь во грехе каялись, и мать ее каялась: эта девица есть ваша дочь.

Помещик рассвирепел и покатил к архиерею, а архиерей о ту пору был Г<авр>иил. Умный был человек, но любил пожить, а жить было не на что, и потому он не всегда себе господином выходил: попросту — взятки любил. Тут архиерей видит, что дело кормное, и сейчас вытребовал к себе в О<рел> дядю, отца Алексея, и спрашивает:

— Почему ты такого-то помещика на такой-то девице не венчаешь? Какие к тому препятствия? А отец Алексей отвечает:

— Так и так, ваше преосвященство, вот что мне, как духовному отцу, известно, и вот мои причины и основания не венчать.

Архиерей задумался, покряхтел и говорит:

— Ишь ты, как ты очень много знаешь! — и отослал дядю домой, а однако и помещику, должно быть, разрешения не дал, потому что тот в соседней епархии венчался.

— Что же, — говорю, — ваш дядюшка действительно показал своего рода героизм.

— То-то героизм, зато оно ему худо и вышло. Героизма-то,

60

повторяю, у нас не жалуют. Так это прочитать где-нибудь о герое, который действовал при царе Горохе или хоть и недавно, да только не на нашей земле, — это мы любим; а если у себя на дворе что-нибудь хоть мало-мальски с характером заведется, так и согнем его сами в три погибели. То было и с дядею: вместо того чтобы его взять да перевести на другое место от разлютовавшегося помещика, его взяли да нарочно там и оставили. И что он только, бедный, вытерпел в этом загоне: и архиерей-то его ненавидел, и консистория-то его гнала, и помещик-то его гнал, на двор его помещичий не пускали, собаками псари не раз травили и, наконец, до того довели, что он с ума сошел и, точно как та баба Химка, все, бывало, сидит, как подстреленный голубь, и стонет:

"Куда деться? Куда деваться?"

Ужасное это было зрелище. Помню его: бывало, дни и ночи все сидит в батрацкой избе, на холодной печке и все одно жалобно стонет:

"Куда деться? Куда деваться?"

В одну сторону метнется, голосит: "Куда деться?", и сейчас в другую повернет: "Куда деваться?" Все, видите, мерещились по одну руку архиерей, по другую барин. Насилу господь его вспомнил: дочернину свадьбу за дьячка справляли после крещения, да за суетами про него позабыли — он и замерз в холодной избе на нетопленной печке. Утром после свадьбы пришли к нему, а он лежит мертвый, скорчившись, и ручку крестом сложил: верно, в последнюю минуту в себя пришел и богу помолился о себе и о своих мучителях. Вот вам и пример нравственного, как вы говорите, героизма и того, чем он для нас на Руси увенчивается. Жестко, сударь, жестко на Руси геройствовать...

Рассказчик вздохнул и добавил:

— Так вот, с детства-то видев это направление и эту практику, молодое-то поколение наше и росло до того возраста, до которого нынче выросло, и выработало себе то, что у нас всего необходимее, а именно не героизм, а практицизм.

— В каком же роде?

— Да в роде некоторого, так сказать, самоуправления, или, пожалуй, если хотите, самоуправства, но только это, во-первых, вызвано необходимостию, а во-вторых, и не совсем безосновательно и не совсем бесчинно. Даже к чести духовенства сказать, оно во многих случаях действовало весьма человеколюбиво, а главное, практику выработало, которая хорошо рекомендует духовных и дает полную возможность полагаться на их ум и нравственное чувство.

61

— Но вот этого-то, — говорю, — я и не понимаю: в чем эта практика и ручательство?

— А в том, что кого не следует венчать, так будьте уверены — у нас не перевенчают.

— Не ошибаетесь ли вы, батюшка?

— Нет-с, я не ошибаюсь.

— Воздержусь от противоречия вам, а только в обществе об этом думают иначе.

— "В обществе"! Нашли на кого ссылаться! Что оно знает и чего ни болтает, это так называемое наше общество!

— Ну как, — говорю, — так... о всем обществе...

— А то как еще говорить о людях, которые судят и рядят о том, о чем и понятия не имеют! Или доказательств еще требуете, так они у вас налицо. Разберите-ка, венчан или не венчан этот писатель Z., с которого наш разговор пошел, — вот и не разберете. Да они даже и сами не разберут, потому что в церковь не ходят, служения никогда не видят и не знают, что над ними делают: крестят их, венчают или хоронят. Ей, право, одичали хуже диких!

И мой собеседник весело рассмеялся.

— Но позвольте, — возразил я, слегка уязвленный его насмешкою, которая мне все-таки не открывала интересовавших меня практических приемов тайнобрачия. — Надеюсь, вы, однако, допустите, что если общество неправильно судят о духовенстве, то, например, архиереи наши имеют же о вас настоящие понятия?

— Ну что же такое? к чему этот вопрос?

— Да так. Вы скажите: имеют они или не имеют?

— Может быть, некоторые и имеют.

— "Некоторые" только?

— Да, некоторые.

— Да и то "может быть". Но пусть так, пусть будет по-вашему, а вот я знаю один случай, где архиерей прямо сказал, что у него попы за деньги кого угодно "хоть на родной матери перевенчают".

— Хватил греха на душу его преосвященство: на матери венчать не станут. Да кому это и интересно на мамаше жениться... Нет, это уже очень по-монашески. А впрочем, еще нельзя ли знать, какой святитель изрек сии словеса?

Я назвал архиерея.

Собеседник мой еще веселее расхохотался.

— Что же, — любопытствую, — тут смешного?

— Да ишь кого вы цитуете? Этот господин что хотите брякнет... Ему бы, по-моему, "Весельчака" издавать. Мы ведь с ним вместе на школьной скамье сидели всегда, — шутник был. А впрочем, и то еще надо знать: о ком дело-то шло? Секрет это или не секрет: про чье это венчанье?

— Нет, — отвечаю, — теперь это уже не секрет, потому что тот, кого это касается, уже женился и опять овдовел.

И я назвал дядю Никса.

Но едва я произнес это имя, как мой собеседник в третий раз покатился со смеху.

— Право, — говорю, — не могу понять, почему все это вас так смешит.

— Да как же не смешить-с! Так вот это вы этакую-то младенческую свадьбу считаете отчаянною смелостию? Ну, поздравляю вас с знанием русской жизни. Вот оттого-то у вас, господа, по большей части и в романах-то в ваших отвлеченнее, чем в Аристофановой комедии, — все "на облаках" происходит.

— Романы, — говорю, — отодвиньте в сторону; нынче на них и спроса нет, а вы разубедите меня, что свадьба с родною сестрою первой жены не есть свадьба незаконная и рискованная.

— Что она незаконная, против этого я спорить не стану, а рискованного в ней нимало нет, да и венчал ее основательный священник, которого я как сам себя знаю. Он никогда и ни за какие благополучия рискованного дела делать не станет.

— Но вам, я думаю, надо бы подробнее знать эту пару, о которой мы говорим.

— Нечего мне о ней узнавать, когда я о ней все существенное знаю.

— Когда же вы это узнавали?

— Тогда, когда того надобность требовала. Не хотите ли поэкзаменовать: я все отлично помню, со всеми, можно сказать, деталями. Тут еще было нагажено тем, что разные большие лица были впутаны. Не правда ли?

— Да.

— И к тому же они владыку просили?

— Да, да, да.

— Помню. Брат у невесты был длинный-предлинный офицер с ученым значком.

— Был.

— Имени не помню, а по батюшке, кажется, Данилыч.

— Вы отлично помните.

— Вот он и приходил. Чудесный парень, все рассказал, по-военному: благородно и откровенно, и о своих неудачах у владыки открыл.

— И это не испугало священника?

— Нимало. Штраф, разумеется, на них маленький накинул в цене, чтобы старших не беспокоили, и все тут.

— Однако я помню, — говорю, — что этот Данилыч не сразу как-то сговорился со священником, а было два-три дня томительных.

— Неправда, всего на все один день только их просили подождать, и то это совсем не для притеснения, а уже это всегда так, нарочно, "заминка" делается.

— Для чего?

— Чтобы давальцев не отпугнуть, а в то же время справки навести.

— Какие же справки?

— Есть или нет у брачущихся недвижимое имущество или значительное наследство.

— Но зачем это священнику?

— А это в тайных браках есть самое нужнейшее. Родство или что другое, идущее только против церковных уставов, — это пустяки, а вот имущество, из-за чего все люди ссорятся, — тут надо строго.

— Будто это так важно?

— Это только и важно. Если есть родовое имение, которое могут наследовать родственники, или если дети могут быть претендентами на какое-либо родовое наследство, тогда, будьте уверены, никакой порядочный священник такого брака венчать не станет.

— А как можно это узнать?

— В тонкости узнают.

— И скоро?

— Да смотря по людям и по делу: иногда сразу же, а иногда подольше.

— С недельку или с месяц?

— О, что вы! Нет — сутки, много двое.

— Каким же образом можно собрать так скоро такие щекотливые справки, о которых люди могут все утаить и налгать?

— Надо иметь способного справщика и содержать его, иногда даже и терпеть от него кое-что, как вот, например, некоему ближнему доводилось терпеть от этого молодца, который о дядюшке Никсе обыск делал.

— Что же, он плохой человек?

— Ужасный негодяй, но талантлив, шельма, к этим делам бесконечно. Он сюда нарочно из Киева вывезен. Там подобных артистов рассадник. Практика их вырабатывает над богомольцами. И этот все у деревянненькой церкви на Старом городе сидел для перехвата, чтобы богомольцев из Печерска на Подол не перепускать. Должность в том, что как увидит кучку "богомулов" — сейчас к себе подманит и уговорит, чтобы на Подол не ходили, а у них молились. Отличный практик. Ну вот, одному батюшке с разным наследством от брата пришлось и его сюда взять.

— Какой же у этого дельца церковный чин?

— Чин у него — церковный сторож, а ходит он за причетника. — И по особым поручениям?

— Да, преимущественно-то по особым поручениям. По получении заказа сделаешь маленькую заминку, а он тем временем все и обследует.

— Но каким образом?

— А уж это по его усмотрению.

— А он не врет?

— Нет, для чего же? Да он всегда ведь и весь процесс и источники укажет, так что можете обсудить основательность и достоверность и того, и другого, и третьего.

— Ну, так вот, позвольте же, — говорю, — вас разочаровать.

— Сделайте милость, если удастся.

— При венчании дяди Никса решительно ни от кого ни из их родных, ни из знакомых никто таких справок не забирал.

— Верно. Наш дока свое имя недаром носит: он не так глуп, чтобы с родными жениха стал разговаривать. Он понимает, что это дело сердечное, и действует тонко — собирает источники чистые и достоверные. Ему было сказано, что вот так-то и так-то — вот этакий крупный человек желает жениться на сестре своей покойной жены, я на день заминку сделаю, а ты поди и удостоверь дело как нужно. А он отвечает: "Это можно кратко доследить, потому что у них старший дворник, Терешка, мой приятель". Если вы все ведаете, то вы должны знать: был у них дворник Терешка или нет?

— Знаю: действительно был дворник Терешка.

— Ну вот видите. Справщик взял на три бутылки пива, посидел с этим Терешкой в "изке и вернулся, говорит: "Терешка сказал: можно венчать".

— Но вероятно же при этом и какие-нибудь подробности дознания были представлены?

— Как же, разумеется, были: подробности необходимы, потому что по ним видишь и судишь: верно ли и благонадежно ли все дело?

— Ну а в отношении дяди Никса, например, в чем же заключались эти подробности?

— Помнится, он рассказал так: пришел, говорит, к воротам,

Терешку вызвал, пошли в низок, две пары пива выпили, а Терешка сказывает: "Ничего — дело плевое — венчать можно, господа согласные. Она, говорит, барыня к нему ласковая и теперь от любви тяжела сделалась, а все ейные братья и сестры очень желают, чтобы она с ним подзаконилась. А насчет состояния не сумлевайтесь: имениев у них нет, и что им по зиме мороженых индюшек присылали, так это от знакомых из чужой деревни. Скажи батюшке, что советую, чтобы крутил с богом".

— И это все?

— А вам что же еще надо?

— И вот это-то, вот эту болтовню с дворником вы называете справкою или сведением!

— А как же это, по-вашему, надо назвать?

— Да так и назвать, пустяками, вздором. Да вы, извините меня, я думаю, что вы шутите.

— Нет, не шучу.

— Не могу верить!

— Почему же?

— Да потому, что вы не можете не знать, что на слова таких людей, как мужик дворник, твердо полагаться нельзя.

— Нет, я этого не знаю и совсем другое думаю,

— Что же вы думаете?

— Я думаю, какие вы все жалкие, поврежденные люди, и как вы безнадежно повреждены в самом своем корне: в вере в ум и в доблесть русского человека. Кто, какой злой дух или какой лихой опыт дал вам право так низко судить о нашем умном и добром народе? И сторож-то вас обманет, и дворник обманет, и, наконец, уже и я, поп, вас обманываю, — шучу, видите, а не правду вам сказываю...

Батюшка закачал укоризненно головою и добавил снисходительно:

— Ах вы, господа, господа теоретики. Постыдились бы вы этого своего неверия в русского человека да не давали бы другим повадки утверждать, что мы сами собою ничего путного учредить не можем. Тьфу! что за гадость, что за недоверие к русскому человеку, даже в том случае, если он дворник, которому сама полиция верит больше, чем любому ученому и литератору.

Сказав это, батюшка опять плюнул, и плюнул так решительно, как мог плевать только известный Костанжогло, и затем тихо проворчал:

— Недоверие, везде недоверие, на всякое время и на всяк

час это проклятое недоверие. Оттого и заводятся всякие портные, что без узла шьют,

— То есть вот этого-то я и не понимаю: отчего же они заводятся?

— Да от боязни живых сношений с людьми и от возни с одною бумажною хитростию. И как все это сложно, и непрочно, и какою хитрою механикой пахнет — вообразить гадко. Я уверен, что если я вам сейчас это разъясню, то вы увидите, какие преимущества имеет простота везде, не исключая и тайнобрачия, где она должна быть хвалима перед всеми иными хитростями, в которые, теперь жалостно уловляется немало людей, имущих только образ венчания, но силы оного лишенных.

Я весь обратился во внимание, к которому усиленно приглашаю теперь и моего читателя.

ГЛАВА ЧЕТВЕРТАЯ

Самое трудное и, может быть, единственно опасное в брачных делах теперь оказывается имение и наследство, а самое досадительное для духовенства — это "возня с мелкотою", к которой рассказчик, очевидно, причислял и сшитого без узла брачною нитью литератора Z.

— О тайном венчании таких людей, — говорил он, — прежде и помина не было. Венчались тайно, бывало, помещики, или гусары, или вообще люди значительные, о которых всегда можно, что надо, разузнать в рассуждении родства и наследства; но потом, как все это с отъемом крестьян перепуталось, — тут разночинец стал входить в силу и тоже полез тайнобрачиться. Разумеется, всему этому женщины виною: сейчас, сороки этакие, из верхних слоев всякую моду перенимают. Иная прежде уже лет несколько в простоте с человеком без венца тихо обращалась, и нимало не смущалась, — а тут прослышала, что в больших кружках все венчаются, и сама стала приставать, чтобы и ей подзакониться. Ну, разумеется, чего баба захочет, того достигнет: человек терпит, терпит и, наконец, плюнет: "будь ты совсем неладна!" Пойдет и просит батюшку: "Так мол и так, — не могу бабу усмирить: повенчайте!" Духовенство по нынешнему времени начало и таковых венчать, и уже, разумеется, не по-старинному, за помещичью или гусарскую цену, а так, "что положат". И за две десятных певали, и даже менее, и, разумеется, уже в рассуждении справок стали обращаться с небрежью, потому что и хлопотать-то было не за что, а к тому же и трудно. Русский мужик дворник — ужасный ведь аристократ в душе, особенно если брюхо себе наест: он таким мелким народом, как разночинцы, не любит заниматься. Вот о жильце, начиная с чина статского советника, он любопытствует, из каких дошел, и какого роду и состояния, и из чьего имения ему мороженых индюшек присылают, ну а мелкотою он интересоваться не любит. Это уже его натура такая, — даже полиция его к этому приучить не может. Пристав наш мне не раз жаловался — говорит: "Хоть не спрашивай их, дураков, про подозрительных людей, — заведет такую катавасию: "Мы, мол, ваше скобродие, понимаем, что как эти люди малозначительные, так ими не антересуемся, а вот генерал у нас живут — это точно, и с своей экономкой они обращаются, из немок, а у той брат есть, при чужом гране секлетарем служит". И пойдет, говорит, дурак, вверх все в аристократию лезть". И это справедливо: с этой стороны они нам неудобны, и это-то собственно и есть для браков небольших людей большое препятствие. А между тем, как вам докладываю, и эти в последнее время, по бабьему настоянию, все туда же лезли, чтобы секретно венчаться, да еще и задешево, петому что и платить-то как следует они не могут. Тогда этот самый отец "венчальный батюшка" и выдумал фортеле, и такое фортеле, что долго его никак нельзя было понять, в чем оно заключается. Слышим только между собою, что он венчает и направо и налево и уже никаких справок не собирает. Да-с, и задешево: все прификсы сбил, а крутит за предложенную цену. Понять невозможно было, в чью это голову он содит и за что рискует, как вдруг оказывается, что он, плутяга, ничем и не рискует. И выплыло это дело самым нежданным манером, к которому я как раз могу подвести дело вашего тайнобрачного знакомца.

В летнее время семья моя на даче была, а я наезжал сюда чередное служение отбывать. На всю неделю для обеден я "раннего батюшку" за себя нанимал, а в субботу сам приезжал: служил всенощное и в воскресенье — позднюю. Только что выхожу я после всенощной, — пройтись по набережной хотел, — а ко мне подходит какой-то господин с дамочкой и объясняют, что они жених с невестою и хотят повенчаться. Я отвечаю: "доброе дело, доброе дело"; а сам на него смотрю инквизитерски, потому что он мне что-то фертоват показался.

— А документы, — говорю, — в порядке?

— Да, документы, — отвечают, — есть.

— Рассмотреть, — говорю, — надо. Благоволите оставить. Завтра ответ дам.

Он утром занес всю свою герольдию в одном пакетике. Поглядел я — все в порядке, а только легковесность какая-то: у него указишко об отставке и чинишко шаршавенький, — губернский секретарь, а она — вдова учителя. Кто их тут разберет, в какой они друг к другу позиции?

Я велел своему доке-сторожу адрес их заметить и справиться, — справка вышла пустая. Приходит мой вестовщик и говорит:

— Так и так, — говорит, — живут они вместе третий год на одной квартире, и девочка маленькая у них есть, а прислугу одну держат и в мелочной берут на книжку, а мясник не дает в долг. Впрочем, — говорит, — пить не пьют, но знакомцев окромя писателей никого из достойных лиц у них не бывает, и ничего про них знать нельзя. Мое, — говорит, — такое мнение, что не надо их венчать, — что-то опасно. Пусть к своему приходскому батюшке идут.

А я ему в тонких делах верил, да и мне самому показалось, что это опасно. У нас, знаете, уж свой нюх на это есть. Дела по делам будто ничего, а своим верхним чутьем поведешь — и другое слышишь. Так и тут: бумажонки тощие, и людцы маленькие, и что-то не порядком отдает, да опять, самое главное, и дворник не ручается.

Подумал я, подумал: есть что-то сомнительное, а они еще и заплатить-то как следует не могут, и отказал. Свернул бумажки в его же конверт, подлепил клейком и отдал сторожу.

— Как придет, — говорю, — этот господин, — скажи ему, что, мол, батюшка уехали, и бумаги отдай. А вперед, мол, просили не приходить.

Так и сделалось, тот его отправил и еще в полезном разговоре узнал, что и авантаж от него мы потеряли самый незначительный: тридцатью рублями всего хотел осчастливить. Я рукою на это махнул и позабыл. Но господин этот, жених, был мстив и, встретивши раз где-то моего сторожа, как бы в веселии объявляет: "Вот, твой батюшка не хотел меня перевенчать, а отец такой-то (называет венчального батюшку) нас, — говорит, — перевенчал". Тот мне это передает, и даже с неудовольствием, как будто я лишил его доли от тридцати сребреников, а через малое время говорит, что он и сам желает перейти к тому венчальному батюшке на "соответственную должность".

— На какую это? — спрашиваю.

— В певцы.

— Да ты петь не умеешь.

— Что ж такое, — говорит, — и не умевши поют.

— Да у тебя и голоса нет.

— Божественное, — отвечает, — можно петь и без голоса.

— Нет, ты, — говорю, — откройся: чем мальчик Гришка мачехою недоволен?

— Да что, — говорит, — батюшка, откровенно сказать, вы еще по старине: все справляетесь. Теперь это надо оставить. — Там смелее крутят, и через то служить авантажнее.

— Ну, смотри, мол, не попадись с большим авантажем-то.

— Нет, — отвечает, — там придумана механика умная.

Я и полюбопытствовал, что это за механика и как он про нее проведал.

— А я, — говорит, — от этого же барина все проведал.

— Да у тебя, мол, какие же с ним сношения?

— За советами он ко мне приходил.

— А ты что за юрист-консульт такой, что к тебе за советами ходят?

— Нет, — отвечает, — я хотя не консул, а когда человека хорошенько нажгут, так он ко всякому лезет.

— Да, мол, если глуп, так лезет.

— Однако, — отвечает, — и у вас, как в прошлом году зубы хорошенько разболелись, так и вы вот, хоть не глупы, а тоже на Моховую к цирюльнику заговаривать пошли.

— Да, — говорю, — это правда, — ходил.

— А вот то-то, — говорит, — и есть. А ведь он, этот цирюльник, ничего не знает: что-то пошепчет да обрывок человеку, как теленку, нацепит и велит не скидывать. И вам небось то самое вешал.

— Вешал — только с молитвою.

— Ну да, и вы, пожалуй, так и служили в обрывке?

— Служил, — только ведь это с молитвою же.

— Ну так это и я бы вам мог нацепить с молитвою, да стыд только не позволял. А баринок этот ко мне первый раз с весельем заговорил, чтобы через меня вас подзадорить, а потом, вчера, — гляжу, нарочно идет, и лица на нем нет.

"Что, — говорю, — вам такое?"

"Ужасная, — говорит, — неприятность: мне надо еще раз перевенчаться".

Я гляжу на него и думаю: не помешался ли он?

"Да ведь вы же, — говорю, — сказывали мне, что вас обвенчали".

"Да, — отвечает, — обвенчать-то обвенчали, да очень легко сделали: надо еще раз где-нибудь обвенчаться основательнее".

"Что же это за дело такое? Вы, — говорю, — если хотите от меня помощи, так в подробности объясните, потому что без этого и лекарь не лечит".

Он и стал объяснять.

"Батюшка, — говорит, — нас обвенчал, велел поцеловаться и благословил, а потом я пошел за свидетельством, — дома его не застал. И еще через день пошел, и опять не застал, и опять через неделю пошел, и тоже не сподобился видеть. И так ходил, ходил, и счет ходинкам потерял, а тем временем жена родила и надо крестить; брачное свидетельство уже необходимо".

Тут этот супруг уже не с коротким полез звониться, и дозвонился хоть не до самого батюшки, так до его причетника, и сообщил ему свою нужду и неудовольствие. А причетник проговорил:

"Что, господин, напрасно ходите и себя и нас напрасно затрудняете: никакого вам свидетельства не будет".

Барин вскипятился: как не будет?

"Что, — грозит, — вы думаете — я церковных порядков, что ли, не знаю! Я юрист — у нас на лекциях все это преподавали, я сейчас к благочинному, да в консисторию, или к самому владыке?"

А дьячок-то у них очень умный. — Все чернило и марки у него на руках [Содержать "чернило на руках" значит вести письменную часть, а марками называются жестянки, выдаваемые священниками исповедникам, с каковыми последние подходят к записчикам, вносящим имена в исповедные росписи. Марки эти, наподобие простонародных банных билетов, должны служить доказательствами, что исповедник действительно был у священника на духу и получил разрешение в своих согрешениях, а не записывается в книги без исповеди. Впрочем, эти марки или бляшки теперь уже почти повсеместно выводятся из употребления, как не достигающие цели. К упразднению марок, говорят, повела "подставка", то есть наемщество, к коему прибегали люди, не желающие исповедоваться, но обязанные к тому служебными или иными требованиями. — Прим. автора.].

Он этому барину и отвечает:

"Не пужайте, господин, что вы так страшно пужаете? Идите не только к владыке, а хоть к самому господу богу, так мы стоим во всех делах чисты, — и никого не боимся".

"Да ведь я же, — говорит, — венчался".

"Спору нет, что венчались, — отвечает дьячок, — мало ли

кто венчался, но не всякий же берет свидетельство. Вот наши мужички православные и знать этих пустяков никогда не знают. А нам совсем неизвестно: кому нужно такое свидетельство, а кому око не нужно. Если вы венчались для уважения таинства, то и будет с вас, и оставайтесь тем довольны".

Барин вскипел:

"Что вы, разбойники, что ли, — говорит, — на что мне таинство!"

А дьячок свой шаг спокойно держит.

"Нет, — говорит, — мы не разбойники, а вы, господин, про таинство потише, да не ругайтесь, а то я сейчас и дверь захлопну, чтобы таких слов не слыхать, за кои к ответу потянуть могут. А вы тогда оставайтесь на улице и идите, куда вам угодно жаловаться".

Тут баринок видит, что имеет дело с человеком крепким: перестал пылить и говорит:

"Да нет, вы, милый друг, сами посудите... я этого себе даже уяснить не могу: в каком же я теперь положении?" — да при этом рублевый билетик ему в руку и сунул.

Тогда, разумеется, и дьячок к нему переменился.

"Давно бы, — говорит, — господин, вы этак... честью всегда все скорее узнаете. Вы к батюшке на дом больше не докучайте, потому что они дома никаких объяснений по неприятным делам не дают, а пожалуйста завтра, в воскресенье, за литургию и по отслужении вы в алтарь взойдете, — там и объяснитесь".

Тот спрашивает: ловко ли это в алтаре объясняться?

"Да уж где же, — отвечает, — еще ловче? Они всегда, если что-нибудь касающее сумнительного, только в алтаре и объясняют, потому что там их царство. Они у престола, в своей должности, от всякой неприятности закрыты. Знаете, у нас за престол как строго!.."

Тот так и учинил: пошел к обедне с пылом в сердце; за обеднею постоял, немножко поуморился и отмяк, а дождавшись времени, входит в алтарь и говорит:

"Так и так, до вас, батюшка, дело имею".

"Какое?"

"Свидетельство мне позвольте".

"В каком смысле?"

"Что я вами обвенчан с моею женою".

"А как ваша фамилия?"

"Так-то".

"Не помню. А когда я вас венчал?"

"Да вот месяца два тому назад".

"Месяца два назад... не помню. Но что же вы так долго не брали свидетельство?"

"Я, — говорит, — несколько раз приходил, да все дома вас не мог застать".

"Ничего не слыхал, а дома меня, точно, трудно застать, — у меня много уроков, закон божий в двух училищах и в домах преподаю. Впрочем, я сейчас здесь справлюсь".

Оборачивается к дьячку и говорит:

"Покажи мне, как их обыск записан".

Тот посмотрел на них на обоих и из алтаря вышел.

Долго, долго он где-то с этою справкою возился и, наконец, идет с обыскною книгою в руках и кладет ее перед батюшкой.

"Что же? — спрашивает тот, — на которой странице?"

"Ни на которой нет", — отвечает дьячок.

"Как так нет?"

Дьячок молчит.

"Должно быть, если венчали?"

"Не знаю", — отвечает дьячок, а сам налево кругом за двери.

А батюшка вручает книгу супругу и говорит:

"Вот вам, милостивый государь, самому книги в руки, отыщите вашу запись, пока я кончу, — и с этими словами становится к жертвеннику".

Супруг ищет, ищет и, разумеется, ничего не находит.

"Нет, здесь, — говорит, — не записано".

"Вот тебе и раз", — отвечает батюшка и начал сам листки перекидывать.

"Что же это может значить?"

"Значит: нет".

"Но ведь, помилуйте, — говорит, — я сам расписывался в такой книге".

"Но где же эта ваша роспись?"

"Да нет ее здесь".

"А нет, так и суда нет".

Да с этим хлоп — книгу закрыл и в шкаф запер.

Супруг взвыл не своим голосом.

"Что же это такое? У вас, верно, другая похожая книга есть?"

А батюшка говорит:

"Тс, милостивый государь, потише. Здесь церковь, а не окружный суд, что вы кричите, да еще не забудьте, что вы в алтаре, где мирянину и не место находиться. Не угодно ли попросить вас о выходе, а то ведь вы помните, — здесь за всякое неуместное слово ответственность по закону усугубляется".

Господин и спекся — милосердия запросил.

"Батюшка, — говорит, — помилуйте, ведь это же не может быть; ведь вы же, конечно, помните, что я к вам приходил, и вы меня венчали, и я вам, что было условлено, вперед заплатил".

"Еще бы, — говорит, — это уже такое правило — вперед отдавать".

"Ну так что же, — говорит, — за что же вы меня так обижаете?"

"Чем-с?"

"Да как же, помилуйте, я ведь это все не для себя, а для жены да для детей только и делал, а теперь не могу даже разобрать: в каких мы все отношениях? Это хуже, чем было".

"Напрасно вы так говорите, — отвечает батюшка, — чем же хуже? Ничего вы хуже не наделали. Во всяком случае, если вы взяли благословение в церкви, это безвредно и для супруги вашей хорошо — женщина должна быть религиозна. А в рассуждении прислуги от этого в доме гораздо спокойнее — прислуги закон брачный уважают и венчанную барыню лучше слушают. Что же тут худо?"

"Но мне не это нужно... мне свидетельство нужно!"

"Свидетельство-о-о?"

"Да!"

"А я вам разве его обещал?"

"М... н... то есть... мы об этом не говорили".

"Надеюсь, что не говорили. Вы пришли ко мне и просили вас повенчать и представили документики какие-то ледащенькие, темные, и говорите, что других достать не можете, и к тому же вы человек небогатый и заплатить много не в состоянии. Так это или нет?"

"Так-с".

"Ну что же, разве я вас обидел или притеснил? Ничуть не бывало: я вам, напротив, во-первых, добрый совет дал, я вам сказал: если вы человек незначительный, так для чего вам обо всем этом хлопотать! Вы ни граф, ни князь, ни полковник, — и живите себе, как жили. Но вы на своем стояли, что вам это нужно, — что она "пристает", что "надо от этого отвязаться". Что же — я и тут вас не огорчил: вас никто бы не стал венчать, а я вас пожалел. Я знаю, что барыни охочи венчаться, и вам на ваше слово поверил и обвенчал вас для ее утешения, и всего тридцать рублей за это взял, ничего более с вас не вымогал. А если бы вы мне тогда сказали, что вам не только венчание, а и свидетельство нужно, так я бы понял, что это уже не для женской потехи, а для чего-то иного-прочего, и за это бы с вас

74

трехсот рублей не взял. Да-с, не взял бы, и не возьму, потому что у меня и своя жена и свои дети есть. Прощайте".

"Но... позвольте.... как же... где же я и жена, в какую книгу мы себя записали?"

"А это, я вам скажу, не ваше дело".

"Нет, это мое дело: верно, у вас другая книга есть".

"Да, для таких супругов, как вы, есть другая книга".

"Но это не может быть".

"Вот тебе раз, почему это не может?"

"Консистория не выдает двух книг".

"А вы посмотрели в ту книгу: откуда она была выдана!"

"М... н... нет".

"А то-то и есть, что нет. Плохо, видно, вас на ваших лекциях учили, если пишете, не взглянув, на чем пишете".

— Так ведь это все подлог, фальшь...

"Нимало не фальшь, а просто предварительная чернетка, которая по миновании надобности посекается и в огонь вметается".

"Так я же найду, кто были свидетели..."

"Поищите, так они вам и объявятся".

"Ага! так вот зачем вы и сказали, что вам не надо моих свидетелей, а какую-то свою сволочь поставили".

"Да уже, конечно, так; только все же моя сволочь лучше вашей: они хоть сволочь, да я-то их знаю, а вы бы мне таких своих энгелистов привели, что каждый вместо крестного имени чужою чертовой кличкой назовется, а потом ни знать, где его и искать — в каком болоте. Нет, государь мой, мы, в наше умное время, от вашего брата тоже учены".

"Тьфу!"

"Здесь не плюйте, а то подтереть заставлю".

"Но что же мне делать: вы меня сгубили, так дайте хоть мне совет".

"Совет извольте: достаньте себе с супругою хорошие документы и ступайте, ничего не говоря, к приходскому священнику, — он вас обвенчает и даст вам свидетельство. А со мною все ваши объяснения кончены".

"И ничего более?"

"Да, ни одного слова более".

Как мне рассказал все это мой сторож, — продолжал собеседник, — я и руки растопырил.

Вот это, думаю, артист, так артист. Что за работа, что за милая работа! И просто все, и верно, и безопасно, и даже по-своему юридически честно: за что взялся — то и сделал, а неуговорного с него и не спрашивай. За что человек не брался, за то и не отвечает.

— Чудесно, — говорю, — спасибо тебе, брат, безголосый певец, что ты мне, глупому человеку, такие умные дела открыл. Хотя я сам их делать и не стану, но все-таки просвещеннее буду. — И отпустил его от себя к тому батюшке с миром, даже с наградою, на тот конец, чтобы не забывал ко мне заходить порою просвещать мое робкое невежество тем, что они, совокупив свою опытность, делать будут.

— И что же, — спросил я, — он к вам заходил?

— И сейчас иногда заходит.

— И интересные дела сказывает?

— Ох, сказывает, разбойник, сказывает.

— Удивляюсь, как теперь это стало откровенно.

— Действительно, откровенно; да ведь что еще и сокровенничать-то, когда — как мои дети на фортепиано куплет поют:

> Расплясалась вся Россия
> В ахенбаховщине мерзкой,
> Лишь один Иеремия
> Нам остался, — князь Мещерский!

А главное, заметьте, любо-дорого то, что все это хорошо практикуется. Откровенно, а комар носу ни подо что не подточит.

— Батюшка! — говорю, — будьте благодетель, познакомьте меня с этим интересным человеком.

— С певцом-то с безголосым?

— Да.

— Извольте. Давайте вашу карточку.

Я подал, а батюшка начертал на ней рекомендацию и наименовал меня "действительным статским советником", что мне показалось неудобным.

— Извините, — говорю, — это не годится, — у меня такого чина нет.

— Ну вот важность! нынче -никого меньше не называют, а к тому же он стал гонорист и если узнает, что вы писатель, а не генерал, так, пожалуй, знакомиться не захочет.

— Да, а я, — говорю, — все-таки стесняюсь...

— Есть чем стесняться? суньте два пальца вместо руки — вот и сановник. Неужели у вас на это образования недостанет?..

ГЛАВА ПЯТАЯ

Однако я не был у безголосого певца, потому что это представляло слишком большие трудности: выходило, что для собеседования с этим интересным лицом мне не только надлежало выдать себя за действительного статского советника и тыкать два пальца человеку, который подает мне целую руку, но надлежало еще изобразить собою пред певцом жениха или по крайней мере тайнобрачного переговорщика. Я опасался, что не выдержу этих замысловатых ролей перед таким, проницательным человеком, а к тому же думалось мне, что сам отец протоиерей открыл мне довольно, чтобы не гнаться за большим. Кроме того, певец мог сообщить мне только факты, разнообразие которых зависит от случайностей, а их природа почти неисследима, между тем как настоящий мой собеседник мог ввести меня в самую философию вопроса, в самую суть нравственных побуждений, руководящих духовенством в делах тайнобрачия. Это мне казалось интереснее, потому что некоторое знание нравов нашего духовенства внушало мне твердую надежду, что и здесь, в этом путаном деле, должен дышать тот дух простоты и практического добротолюбия, который присущ русскому человеку на всех ступенях его развития и деятельности.

И я не ошибся. Роковые случаи, представляющиеся на практике при венчании пар, которые не могут быть повенчаны с разрешения начальства, почти все совершенно не возмутительны, а некоторые из них так трогательны, что надо иметь мертвое, "почившее на законе" сердце, чтобы не оценить благодати, движущей сердцами живыми, которые ласково усыпляют закон, вместо того чтобы самим азартно уснуть на нем.

Такой случай мой собеседник рассказал мне, даже не отделив от него немножечко и самого себя.

Я продолжаю и доканчиваю его беседу, а с нею и мои очерки.

— Ко всему нынешнему тайнобрачию, — изрек он, — как к каждому историческому явлению, надо относиться беззлобно и с рассмотрением. И когда так станете смотреть, то и увидите, что оно потребно и отвечает времени. А по сему времени даже и самые залихватские "венчальные батюшки" тоже в своем роде нужны и полезны. Право, полезны: в большом хозяйстве все пригождается. И хотя я их методы без узлов шить в принципе и не одобряю, но знаю, что и это иным впрок пошло.

Я было обнаружил попытку выразить некоторое сомнение, но батюшка, заметив это, придержал меня за руку и сказал:

— Не спешите поспешать. Я живой случай знаю, где если бы не эта благодать, так нельзя было бы оказать помощи очень жалким людям, которые однажды пришли ко мне с преудивителькою историею.

Лет восемь назад ко мне в дом хаживала дочернина подруга. Славная девица Нюточка — все они с моей дочерью в четыре руки играли. Но потом она вдруг как-то сникла. Перестала ходить, — я этого не заметил, а потом, когда дочь скоро замуж вышла, то я и совсем про эту чужую девочку позабыл. Проходит так год, два и три — и пять лет, но вдруг тоже вот так, в летнее время (у меня замечательно, что большая часть казусов со мною все летом случается, когда я в одиночестве дома бываю), приходит ко мне некая молодая особа женского пола, с виду мне незнакомая, собою, однако, довольно благоприличная, но смутная и чем-то как бы сильно подавленная. Я думал, что потеряла себя и, верно, хочет исповедоваться, но вышло другое. Называет себя по имени и говорит, что была она подругою моей дочери по гимназии, а потом пошла достигать высшего знания, но не сподобилась оного, потому что попала в некоторые "трудные комбинации". Словом сказать, дойдя, вместо научного совершенства, до нищеты и убожества, вспомнила о своей подруге, а о моей дочери, и пришла просить ее, не может ли она достать ей где-нибудь переводов.

Ужаснуло меня это младенчество просьбы и младенчество странного ее вида.

— Извините, — говорю, — дочери моей здесь нет: она уже давно замуж вышла и живет в другом городе, да и переводами не занимается, а наипаче занята домашним хозяйством и чадорождением. Поэтому если бы вы и писать ей захотели, то это будет для вас бесполезно. А вас я теперь действительно немножечко припоминаю: вас, — говорю, — кажется, звали Нюточкою?

— Да, — отвечает, — меня так прежде называли.

— Очень рад, — говорю, — вас видеть; но что же довело вас до таких комбинаций?

Она хлоп-хлоп глазенками, да и заплакала.

— У вас есть родные?

— Да, — говорит, — у меня есть брат, — и называет фамилию одного довольно известного адвоката.

— Вы, — говорю, — верно, у него живете?

— Нет, — отвечает.

— А почему же так?

— Он женат.

— Так что же такое, разве при жене для сестры и за ширмою места нет?

— Нет, мы с его женою не ладили, я одна с детьми живу.

— Так вы вдова?

— Нет, не вдова.

— Тогда где же ваш муж — верно, сослан?

— Нет, — говорит, — не сослан, а его нет со мною.

— Отчего?

— Он в очень затруднительном положении.

— В каком затруднительном положении, чтобы своих детей бросить?

— Его обманули, когда он женился. Тут уже я глазами захлопал.

— Милая барынька, — говорю, — да вы что же это такое, шутите, что ли? Что вы мне рассказываете: как же он мог от живой жены во второй раз жениться? разве вы разведены?

— Нет, — отвечает, — мы жили в гражданском браке, а одна моя подруга хотела в акушерки, и ей понадобилось выйти в фиктивный брак; она меня попросила, чтобы я позволила...

— Ну-с?

— А она устроила комбинацию...

— Какую, милостивая государыня?

— Ока вместо того все обратила всерьез и заставляет его, чтобы он ей деньги давал, и теперь он что получает — ей носит, а мне помогать не может.

— Что же, он и с нею не живет вместе?

— Нет, он с нею вместе не живет; она одного полицейского любит, а этого только заставляет, чтобы он часть жалованья ей приносил.

— И он носит?

— Да что же делать, а то она жаловаться пойдет.

— Да кто же он такой, ваш общий муж-то?

— Ветеринар.

"Гм! — думаю себе, — однако она, должно быть, очень ловкая, эта акушерка, если на самом ветеринаре ездит".

— Да, она, — говорит, — очень развита.

— Развита? А извините, -говорю, — за вопрос: он не дурачок, этот господин ветеринар?

— Нет, — отвечает, — как дурачок? он тоже очень развит.

— Как же, — говорю, — развит, а от акушерки отбиться не может?

— Да он отбился и живет у товарищей, а больше нельзя, потому что у нее по полиции все ей полезные связи.

— Ага, — говорю, — это действительно "комбинация". Ну а где же ваши детки?

— Недалеко, — говорит, — тут за вокзалом на третьей версте по железной дороге у сторожихи живут, — я их там оставила, а сама пришла переводов искать.

— Стало быть, вы теперь все врозь?

— Да.

— Ветеринар с товарищем, вы с своими котятками, а та с полицейскими?

— Да.

— А в городе-то, — говорю, — у вас есть приют?

— Нет, — отвечает, — нету, да это ничего не значит: теперь тепло — я ночь по бульвару прохожу.

— Как проходите?

И, не дождавшись, что она мне ответит, скорее взял ее обеими руками за голову, поцеловал в темя и говорю:

— Ничего я, бедное дитя, не понимаю, что вы мне такое рассказываете. Вы ко мне с своими "комбинациями" точно пришелица из другого света упали. Но я во всяком случае не ксендз, чтобы вас укорять, и не протестантский пастор, чтобы от ваших откровений прийти в ужас или в отчаяние, а как простой поп я только вас на бульвар ночевать не пущу. Вот у меня вся пустая квартира к вашим услугам, а на кухне есть баба-старуха смотрелка. Я ее сейчас к вам призову. Разуйте поскорее свои бедные ноженьки, напейтесь чаю да ложитесь на диван в гостиной спать. А впрочем, я старик, — со мною и с одним не опасно оставаться.

Она согласилась. И все это как-то тупо: и одно предполагает, и сейчас другое располагает, на все согласна — и все как не живая. Видно уже, что (весь человек в ней домертва в порошок растолчен.

Ужасно мне ее стало жалко. В голову впало: как такой горемыке на свете жить? Свои дети у меня хорошо устроены, благодаря бога и добрым людям, потому что заботился о них, да к тому же они дети иерейские — в свете могли ход иметь, а эта тля беспомощная: кем она покрыта? Может быть, с детства на произвол пущена. А все же вон в ней еще что-то доброе ерошится: и за наукою она стремилась, и мужа своего гражданского отдала на подержание, а теперь как кошка мечется и своих котят по сторожкам носит... И все это во имя чего-то возвышенного. Право, точно пришлецы из другого мира, а между тем страдают как люди. Оставил я ее и пошел на вечер к коллеге, у которого самовластная жена — она зимою ему не позволяет в карты играть, так он летом, приезжая с дачи на служение, и собирает кружочек.

Застал там близких и искренних и "венчального батюшку". Провинтил в винт рублей за сорок и, по склонности человеческой, сваливаю всю вину этого проигрыша на кого-нибудь другого.

— Это, — говорю, — ребята, я так провинтился от расстройства: одна девчонка меня нынче очень размазала. — И рассказал им о своей гостье.

Все выслушали и особенного внимания не обратили, но мой венчальник, идучи вместе со мною домой, верно нечто почувствовал, одобрялся и уронил мне "крылатое слово":

— Еще так ли это, как она сказывала. Может быть, им еще можно пособить. Вы у них свидетельство спросите.

— Да как им пособить, если они обвенчаны? Ведь у них грошей на развод нет.

— Да я, — отвечает, — о разводе и не думаю, а может быть это дело совсем не порчено — и развода никакого не надо.

— Все равно, если и свидетельства нет, а венчаны, так уже пропадай они совсем — второй раз перевенчивать зазорно.

— Я, — говорит, — думаю, что их не венчали. Небось пропели что-нибудь, да и конец.

— Ну может ли это быть?

— А отчего нет? Они ведь энгелисты — в церковь не ходят, службы не знают, не все ли км равно, что им споют: молебен или венчанье. Нет, вы спросите-ка свидетельство.

Думаю: и вправду, дай-ка спрошу! Он это даром на ветер не бросил.

Отслужил наутро обедню, напился с своей гостьей чаю и говорю:

— Я вам переводишко устроил, и вот вам пока из редакции три рубля вперед, а перед вечером пожалуйте — тогда и перевод получите. Да не можете ли пригласить ко мне вашего ветеринара, — я и ему кое-что хочу предоставить.

Так, разумеется, вздор врал, ко в случае, если бы она стала расспрашивать, сказал бы, что хочу его отрекомендовать в Москву бесного слона лечить. Но только она не спросила, а прямо его обещала привести.

А я тем временем спосылал за безголосым певцом и спрашиваю:

— Есть ли у них для себя какие-нибудь памятки, кто у них легко венчан? Отвечает:

— Есть.

— Нельзя ли, — говорю, — мне справиться про такого-то студента?

Он это минутою сдействовал и воротился — говорит:

— Очень легко сделано.

— Так что можно ему еще раз жениться?

— Сколько угодно. Им просто молебен спет.

— Ишь, — говорю, — что вы, разбойники, строите.

— А что же, — отвечает, — да они, -безбожники, больше и не стоят. До каких лет доживут, в церковь гроша не подадут, и не слышали о, том, какая служба есть. Им и молебна-то жаль — не токма что Исайю для них беспокоить.

— Так, значит, они с акушеркой не венчаны?

— Не венчаны.

Я это принял к сведению, пообедал и только маленько соснул, как смотрелка меня будит.

— Утрешняя мадамка, — говорит, — вдвоем, пришла.

— С кем?

— Жених, — говорит, — ейный, что ли, не знаю.

Я велел подождать, обтерся со сна полотенцем и выхожу. Они кланяются.

Не знаю, что она в нем и полюбила, — смотреть совсем не на что.

Я его туда-сюда повернул и в первых же расспросах вижу, что детина самая банальная: откровенно глуп и откровенно хитер. Так сказать — фрукт нашего урожайного года.

— Я, — говорит, — обманут низостью, какой не ожидал. Жена моя, — говорит, — казалась развитою женщиною — уверяла, будто ей нужно выйти замуж только для того, чтобы от родительской власти освободиться, а потом стала требовать, чтобы я Анюту бросил, а с нею на одной квартире жил или чтобы я ей на содержание давал. А после к ней полицейские стали ходить, и она меня начала пугать.

— Чем?

Молчит.

— Донос какой-нибудь хотела сделать?

Пожимает плечами и отвечает:

— Вероятно.

— Да вы разве в чем-нибудь замешаны?

— Нет, — отвечает, — я не замешан, но мы еще со студенческого времени все без замешательства, так просто боимся, а она теперь и сама в полицию акушеркой поступила.

"Ах ты, — думаю, — дурачок горький". И спрашиваю:

— Она в полиции, а вы-то где служите и под чьим начальством?

Называет место и начальника — лицо мне, по старым памятям, весьма знакомое: еще с табелькой с ним игрывали.

— Да у тебя, голубчик, в формуляре-то записано ли, что ты женат?

— Нет, — отвечает, — не записано.

— А венчальное свидетельство есть?

— Тоже нет.

— Почему?

— Не дали.

— Хорошо, что не дали. А теперь отвечай мне: рад бы ты иметь женою, вместо твоей акушерки, Нюточку?

Молчит.

— Что же ты молчишь?

— Я, — говорит, — в убеждениях совсем против брака.

— Ага, мол: ишь ты какой: норовишь лизнуть да и сплюнуть. А по доброму порядку, — говорю, — когда человек с женщиною детей прижил, так ему уж эти рацеи надо в сторону. Женись-ка, брат, на ней, да и баста.

— Да ведь это невозможно.

— А если бы возможно было? Опять молчит.

— Ну, стало быть, — говорю, — ты, брат, лукавишь; отвечайте-ка вы, Нюточка: вы желали бы быть его женою?

Та, молодцом, сразу прямо ответила, что желала бы. Видно, уже игра-то сия ей принадокучила. — Но он молчит.

— Что же ты, — говорю, — пнем стал? Поверни тебя, батюшка Спиридон-поворот.

— Я, — говорит, — больше уже не попадусь,

— Кому это? — женщине, которая ваших детей таскает и вас любит?

— Все равно, — говорит, — я могу жить граждански.

"Нет, — думаю, — если ты по-граждански, так я же с тобой, с разбойником, сделаюсь по-военному".

Язычок-то себе прикусил и о роде его венчания с акушеркой ничего ему не сказал, чтобы он не считал себя свободным, а озаботился им иначе,

Как он ушел, я положил перед его супругой лист бумаги и говорю:

— Пишите-ка, какой я вам перевод продиктую.

И задиктовал, указывая, где что ставить: "Его превосходительству, господину такому-то, от такой-то докладная записка". А затем продолжение в таком смысле, что

83

"я, просительница, прижив внебрачно с таким-то, служащим под ведением вашего превосходительства, двух детей, в чем он чистосердечно признался при священнике таком-то, и не получая от него ничего на содержание сих невинных малюток, коим сама не в состоянии снискать пропитания, а потому всепочтительнейше прошу побудить его на мне жениться или по крайности оных моих малюток обеспечить должным, по средствам его, содержанием, вычетом части из его жалованья".

Она это все написала, а потом спрашивает:

— К чему это писано?

— А к сему, — говорю, — подпишись.

— Но ведь это донос.

— Нет: это докладная записка.

— В таком случае, — отвечает, — я подпишу. — И подписала.

Я взял этот манускрипт в карман, надел новую ряску и пошел к генералу, которого, как вам говорю, еще в малых чинах коротко по картам знал. Отлично, шельмец, с табелькой играл и вообще был чудесный парень — любил выпить и закусить, и отношения наши, по-полковому, были на "ты".

Конечно, honores mutant mores,[1]— может быть, он и переменился, но я как-то этого не надеялся и решил держаться с ним на прежней ноге.

Велел о себе доложить, — а сам стал перед зеркалом, чтобы орденки поправить. Но в это же зеркало и вижу: он в ту же минуту выходит, прямо ко мне, крадется и — цап сзади ладошами глаза мне и закрыл.

— Жоздра! — говорю, — радость моя, — это ты.

— А ты, — восклицает, — почему узнал?

— Мудрено ли узнать: кто, кроме тебя, может мою священную особу за лицо брать, а к тому же я и в зеркало тебя видел. Давай поцелуемся. Я, — говорю, — к тебе по делу, Жоздра.

Его Егором величали, но мы его Жоздрою звали, потому что так ему одна некогда влюбленная в него простонародная девица белошвейка писала.

— Есть у тебя такой-то подчиненный?

— Есть.

— Повели ему, мой ангел, на одной мамзельке жениться.

Он расхохотался.

— Что ты это, поп-чудила, — говорит, — выдумал. В моей

---

[1] Почести изменяют нравы — лат.

власти конские свадьбы, но человеческие браки не по моему ведомству.

— Нет, — говорю, — Жоздра, жизненок мой, маточка, — не говори глупостей: у русского генерала все во власти! Я иначе не верую. Не огорчай меня, не отказывайся от христианского дела, повели дураку жениться на дуре, чтобы вышла целая фигура, а то мне их и ребят очень жалко.

Он было опять смеяться, но я говорю:

— Нет, ты, ангел мой, не смейся, — это дело серьезное. — И рассказал ему все дело.

— Понимаешь ли, — говорю, — что этого ни в какой конклав нельзя пустить, чтобы кто-нибудь не пострадал, а зачем страдать, когда ты по-генеральски — один все дело поправить можешь.

— Каким манером?

— Просто — повели, да и баста, на то ты начальник.

— Я выгнать его, — говорит, — могу, но принудить его жениться не имею права.

— Тпру, тпру, тпру, — отвечаю, — остепенись. Что ты это такое выдумал? Как можно человека выгнать, да еще особенно этакого глупого. Куда он, дурак, без казенной службы годится? Нет, ты не ожесточай несчастного сердца, а просто потребуй его перед себя и накричи.

— Что же я буду кричать?

— Да что хочешь, то и кричи — только посердитее. Но если заметишь, что он отвечать хочет, вот этого не допускай, — топни и скажи: "молчать".

— И с тебя этого будет довольно?

— Совершенно, мамочка, довольно. Только, пожалуйста, посердитее, и чтобы не смел отвечать.

— Изволь, — говорит, — уважу, — и с этим позвонил, а мне добавляет: — Пойди там, за ширмой, посиди, покури, послушай, что выйдет. Я йи за что не ручаюсь.

— Да тебя, — говорю, — никто и не просит ручаться, только сделай свое начальническое дело добросовестно, — накричи.

Ну, он и действительно сделал все это очень хорошо: как тот вошел, он сразу его афрапировал. Все жестокие хитрости сентиментального обхождения откинув, прямо ему сочиненною мною докладною запискою мимо носа на землю швырнул.

— Знаете ли вы, — спрашивает, — какая женщина это пишет?

И чуть тот было только рот разинул, чтоб сказать: "знаю", — он как крикнет:

— Молчать! Почему вы на ней не женитесь? Но прежде чем

тот ответил, я ему через ширму пальцами махнул, он — опять крикнул:

— Молчать! Я знать ничего не хочу! Слышите?

— Слу-слу-слу-ш-ш-шаю.

— Завтра мне чтобы брачное свидетельство было. Слышите?

— Слу-слу-слу-ш-ш-шаю.

— Вон! и до тех пор на глаза мне не сметь показываться. Слышите?

— Слу-слу-слу-шаю.

— Деньги на свадьбу есть?

— Нет.

— Вспомоществование дам, а пока... Батюшка! — зовет меня, — пожалуйте сюда.

Я вышел.

— Извольте взять, — говорит, — этого соблазнителя: он девицу соблазнил и должен немедленно быть с нею обвенчан. Прошу вас исполнить это и завтра же прислать мне его брачное свидетельство.

— Слушаю-с, — отвечаю. — Извольте, молодой человек, идти и приготовьте разрешение начальства. Я за ним зайду.

Тот вышел, а генерал спрашивает меня:

— А что, каково я кричу?

Я его в обе щеки чмокнул и говорю:

— Умник! умник! но теперь доверши свою работу: сплавь их отсюда.

— Куда?

— Назначь его куда-нибудь в провинцию отдельную должность занимать.

— Это для чего?

— Да он там успокоится и с простыми людьми в разум придет.

И в этом успел. Так я их в один день развел, а на другой день обвенчал, с малым упущением по числу оглашений, и свидетельство выдал, а через неделю и на службу их выпроводил. Он с большим развитием ничего и понять не мог. Однако пробовал меня пугать.

— Вы отвечать, — говорит, — будете.

— Ну, это, мол, не твое дело: мне начальство приказало венчать, а я власти покорен.

Так он и сейчас настоящим образом всего не понимает, а живут, судьбою довольны и назад не просятся, — думают небось, что они в самом деле законопреступно обвенчаны, да, чай, и акушерки боятся.

— А что же, акушерка не приходила?

— К кому?

— К вам.

— Как же, приходила. Я ее к певцу отправил.

— И после не видали?

— Нет, видел один раз у пристава на крестинах.

— Что же она: сердилась?

— Н-н-нет. Поискала вчерашнего дня и увидала, что она дура.

"Отличную, — говорит, — батюшка, ваши духовные со мною штуку сыграли".

"А что такое?"

"Да то, что я по их милости все равно как будто вместо кадрили вальс протанцевала".

"Ну, что делать, когда-нибудь утешитесь, вместо вальса кадриль протанцуете". На кого же ей сердиться?

— Просто невероятное!

— Вот то-то и есть. А поведите-ка все это через настоящие власти — какая бы кутерьма поднялась, а путного ничего бы не вышло: потому что закон и высокое начальство, стоя превыше людских слабостей, к глупости человеческой снисхождения не могут оказывать, а мы, малые люди, можем, да и должны. Дурачки, да наши. Что ж их хитрецам в обиду давать? Надо их пожалеть. Поживут с наше — и они обумнеют, — тоже людей жалеть будут. Но довольно мне вам эти сказки сказывать. Я уж очень разболтался, пойду — посмотрю, что мне в мотье написали.

— Да, — говорю, — это и впрямь все отдает сказками.

— Сказки, сударь, и есть, сказки. Живи да посвистывай... "Патока с инбирем, ничего не разберем, а ты, дядя Еремей, как горазд, так разумей".

Собеседник мой подал мне руку, которую я придержал и спросил:

— Но неужто же у нас никто не может помочь вместо всей этой городьбы прямую улицу сделать?

— А об этом нам еще ничего не известно. Впрочем, никогда ни в чем не должно отчаиваться: одна набожная старушка в детстве меня так утешала: все, говорила, может поправиться, ибо "рече господь: аще могу — помогу". Где она это вычитала, — я тоже не знаю, но только она до ста лет благополучно дожила с этим упованием, чего я и вам от души желаю.

БЕЛЫЙ ОРЕЛ

Собаке снится хлеб, а рыба — рыбаку.

Феокрит (Идиллия)

ГЛАВА ПЕРВАЯ

"Есть вещи на свете". С этого обыкновенно у нас принято начинать подобные рассказы, чтобы прикрыться Шекспиром от стрел остроумия, которому нет ничего неизвестного. Я, впрочем, все-таки думаю, что "есть вещи" очень странные и непонятные, которые иногда называют сверхъестественными, и потому я охотно слушаю такие рассказы. По этому же самому, два-три года тому назад, когда мы, умаляясь до детства, начали играть в духовидство, я охотно присоседился к одному из таких кружков, уставом которого требовалось, чтобы в наших собраниях по вечерам не произносить ни одного слова ни о властях, ни о началах мира земного, а говорить единственно о бесплотных духах — об их появлении и участии в судьбах людей живущих. Даже "консервировать и спасать Россию" не дозволялось, потому что и в этом случае многие, "начиная за здравие, все сводили за упокой".

На этом же основании строго преследовалось всякое упоминовение всуе каких бы то ни было "больших имен", кроме единственного имени Божия, которое, как известно, наичаще употребляется для красоты слога. Бывали, конечно, нарушения, но и то с большою осторожкой. Разве какие-нибудь два нетерпеливейшие из политиков отобьются к окну или к камину и что-то пошепчут, но и то один другого предостерегает: "pas si haut!"[2]. А хозяин их уже назирает и шутя грозит им штрафом.

Каждый должен был по очереди рассказывать что-нибудь фантастическое из своей жизни, а как уменье рассказывать дается не всякому, то к рассказам с художественной стороны не придирались. Не требовали также и доказательств. Если рассказчик говорил, что рассказываемое им событие

---

[2] Не так громко! - франц.

действительно происходило с ним, ему верили или по крайней мере притворялись, будто верят. Такой был этикет.

Меня это больше всего занимало со стороны субъективности. В том, что "есть вещи, которые не снились мудрецам", я не сомневаюсь, но как такие вещи кому представляются — это меня чрезвычайно занимало. И в самом деле, субъективность тут достойна большого внимания. Как, бывало, ни старается рассказчик, чтобы стать в высшую сферу бесплотного мира, а все непременно заметишь, как замогильный гость приходит на землю, окрашиваясь, точно световой луч, проходящий через цветное стекло. И тут уже не разберешь, что ложь, что истина, а между тем следить за этим интересно, и я хочу рассказать такой случай.

ГЛАВА ВТОРАЯ

"Дежурным мучеником", то есть очередным рассказчиком, было довольно высокопоставленное и притом очень оригинальное лицо, Галактион Ильич, которого в шутку звали "худородный вельможа". В кличке этой скрывался каламбур: он действительно был немножко вельможа и притом был страшно худ, а вдобавок имел очень незнатное происхождение. Отец Галактиона Ильича был крепостным буфетчиком в именитом доме, потом откупщиком и, наконец, благотворителем и храмоздателем, за что получил в сей бренной жизни орден, а в будущей место в царстве небесном. Сына он обучал в университете и вывел в люди, но "вечная память", которую пели ему над могилой в Невской лавре, сохранилась и тяготела над его наследником. Сын "человека" достиг известных степеней и допускался в общество, но шутка все-таки волокла за ним титул "худородного".

Об уме и способностях Галактиона Ильича едва ли у кого-нибудь были ясные представления. Что он мог сделать и чего не мог, — этого тоже наверно никто не знал. Кондуит его был короток и прост: он в начале службы, по заботам отца, попал к графу Виктору Никитичу Панину, который любил старика за какие-то известные ему достоинства и, приняв сына под свое крыло, довольно скоро выдвинул его за тот предел, с которого начинаются "ходы".

Во всяком случае надо думать, что он имел какие-нибудь

достоинства, за которые Виктор Никитич мог его повышать. Но в свете, в обществе Галактион Ильич успеха не имел и вообще не был избалован насчет житейских радостей. Он имел самое плохое, хлипкое, здоровье и фатальную наружность. Такой же долгий, как его усопший патрон, граф Виктор Никитич, — он не имел, однако, внешнего величия графа. Напротив, Галактион Ильич внушал ужас, смешанный с некоторым отвращением. Он в одно и то же время был типический деревенский лакей и типический живой мертвец. Длинный, худой его остов был едва обтянут сероватой кожей, непомерно высокий лоб был сух и желт, а на висках отливала бледная трупная зелень, нос широкий и короткий, как у черепа; бровей ни признака, всегда полуоткрытый рот с сверкающими длинными зубами, а глаза

Встретить его — значило испугаться.

Особенностью наружности Галактиона Ильича было то, что в молодости он был гораздо страшнее, а к старости становился лучше, так что его можно было переносить без ужаса.

Характера он был мягкого и имел доброе, чувствительное и даже, как сейчас увидим, — сентиментальное сердце. Он любил мечтать и, как большинство дурнорожих людей, глубоко таил свои мечтания. В душе он был поэт больше, чем чиновник, и очень жадно любил жизнь, которою никогда во все удовольствие не пользовался.

Несчастие свое он нес на себе и знал, что оно вечно и неотступно с ним до гроба. В самом его возвышении по службе для него была глубокая чаша горечи: он подозревал, что граф Виктор Никитич держал его при себе докладчиком больше всего в тех соображениях, что он производил на людей подавляющее впечатление. Галактион Ильич видел, что когда люди, ожидающие у графа приема, должны были изложить ему цель своего прихода, — у них мерк взор и подгибались колена... Этим Галактион Ильич много содействовал тому, что после него личная беседа с самим графом каждому была уже легка и отрадна.

С годами Галактион Ильич из чиновника докладывающего стал сам лицом, которому докладывают, и ему дано было очень серьезное и щекотливое поручение в отдаленной местности, где с ним и случилось сверхъестественное событие, о котором ниже следует его собственный рассказ.

ГЛАВА ТРЕТЬЯ

— Не с большим двадцать пять лет тому назад, — начал худородный сановник, — до Петербурга стали доходить слухи о многих злоупотреблениях власти губернатора П — ва. Злоупотребления эти были обширны и касались почти всех частей управления. Писали, будто губернатор собственноручно бил и сек людей; забирал вместе с предводителем для своих заводов всю местную поставку вина; брал произвольные ссуды из приказа; требовал к себе для пересмотра всю почтовую корреспонденцию — подходящее отправлял, а неподходящее рвал и метал в огонь, а потом мстил тем, кто писал; томил людей в неволе. А при этом он был, однако, артист; содержал большой, очень хороший оркестр, любил классическую музыку и сам превосходно играл на виолончели.

Долго о его бесчинствах доносились только слухи, но потом взялся там один маленький чиновник, который притащился сюда в Петербург, очень обстоятельно и в подробности описал всю эпопею и подал ее сам в надлежащие руки.

История выходила такая, что хоть сейчас сенаторскую ревизию назначать. По-настоящему оно так бы и следовало, но и губернатор и предводитель были на лучшем счете у покойного государя, а потому взяться за них было не совсем просто. Виктор Никитич хотел прежде обо всем удостовериться поточнее через своего человека, и выбор его пал на меня.

Призывает он меня и говорит:

"Так и так, доходят вот такие и такие печальные вести, и, к сожалению, кажется, в них как будто есть статочность; но прежде, чем дать делу какое-нибудь движение, я желаю в этом поближе удостовериться и решил употребить на это вас".

Я кланяюсь и говорю:

"Если могу, буду очень счастлив".

"Я уверен, — отвечает граф, — что вы можете, и я на вас полагаюсь. У вас есть такой талант, что вам вздоров говорить не станут, а всю правду выложат".

— Талант этот, — пояснил, тихо улыбнувшись, рассказчик, — это моя печальная фигура, наводящая уныние на фронт: но кому что дано, тот с тем и мыкайся.

"Бумаги все для вас уже готовы, — продолжал граф, — и деньги тоже. Но вы едете только по одному нашему ведомству... Понимаете, только!"

"Понимаю", — говорю.

"Ни до каких злоупотреблений по другим ведомствам вам как будто дела нет. Но это только так должно казаться, что нет, а на самом деле вы должны узнать все. С вами поедут два способных к делу чиновника. Приезжайте, засядьте за дело и вникайте будто всего внимательнее в канцелярский порядок и формы судопроизводства, а сами смотрите во все... Призывайте местных чиновников для объяснений и... смотрите построже. А назад не торопитесь. Я вам дам знать, когда вернуться. Какая у вас последняя награда?"

Я отвечаю:

"Владимир второй степени с короной".

Граф снял своей огромной рукою его известный тяжелый бронзовый пресс-папье "убитую птичку", достал из-под него столовую памятную тетрадь, а правою рукою всеми пятью пальцами взял толстый исполин-карандаш черного дерева и, нимало от меня не скрывая, написал мою фамилию и против нее "белый орел".

Таким образом я знал даже награду, которая ожидала меня за исполнение возложенного на меня поручения, и с тем совершенно спокойный уехал на другой же день из Петербурга.

Со мною был мой слуга Егор и два чиновника из сената — оба люди ловкие и светские.

ГЛАВА ЧЕТВЕРТАЯ

Доехали мы, разумеется, благополучно; прибыв в город, наняли квартиру и расположились все: я, мои два чиновника и слуга.

Помещение было такое удобное, что я вполне мог отказаться от удобнейшего, которое мне предупредительно предлагал губернатор.

Я, разумеется, не хотел быть ему обязан ни малейшей услугой, хотя мы с ним, конечно, не только разменялись визитами, но даже я раз или два был у него на его гайденовских квартетах. Но, впрочем, я до музыки не большой охотник и не знаток, да и вообще, понятно, старался не сближаться более, чем мне нужно, а нужно мне было видеть не его галантность, а его темные деяния.

Впрочем, губернатор был человек умный и ловкий и своим вниманием мне не докучал. Он как будто оставил меня в покое возиться с входящими и исходящими регистрами и протоколами, но тем не менее я все-таки чувствовал, что вокруг меня что-то копошится, что люди выщупывают, с какой бы стороны меня уловить и потом, вероятно, запутать.

К стыду рода человеческого должен упомянуть, что не считаю в этом совсем безучастными даже и прекрасный пол. Ко мне стали являться дамы то с жалобами, то с просьбами, но при всем этом всегда еще с такими планами, которым я мог только подивиться.

Однако я вспомнил совет Виктора Никитича, — "посмотрел построже", и грациозные видения сникли с моего, неподходящего для них, горизонта. Но мои чиновники имели в этом роде успехи. Я это знал и не препятствовал им ни волочиться, ни выдавать себя за очень больших людей, за каких их охотно принимали. Мне было даже полезно, что они там кое-где вращаются и преуспевают в сердцах. Я требовал только, чтобы не случилось никакого скандала и чтобы мне было известно, на какие пункты их общительности сильнее налегает провинциальная политика.

Они были ребята добросовестные и все мне открывали. От них все хотели узнать мою слабость и что я особенно люблю.

Им бы поистине этого никогда не добраться, потому что, благодаря Бога, особенных слабостей у меня нет, да и самые вкусы мои, с коих пор себя помню, всегда были весьма простые. Ем я всю жизнь стол простой, пью обыкновенно одну рюмку простого хересу, даже и в лакомствах, до которых смолоду был охотник, — всяким тонким желе и ананасам предпочитаю астраханский арбуз, курскую грушу или, по детской привычке, медовый папошник. Не завидовал я никогда ничьему богатству, ни знаменитости, ни красоте, ни счастью, а если чему завидовал, то, можно сказать, разве одному здоровью. Но и то слово зависть не идет к определению моего чувства. Вид цветущего здоровьем человека не возбуждал во мне досадливой мысли: зачем он таков, а я не таков. Напротив, я глядел на него только радуясь, какое море счастия и благ для него доступно, и тут, бывало, разве иногда помечтаю на разные лады о невозможном для меня счастии пользоваться здоровьем, которого мне не дано.

Приятность, которую доставлял мне вид здорового человека, развила во мне такую же странность в эстетическом моем вкусе: я не гонялся ни за Тальони, ни за Бозио и вообще был равнодушен как к опере, так и к балету, где все такое искусственное, а больше любил послушать цыган на Крестовском. Их этот огонь и пыл, эта их страстная сила

93

движений мне лучше всего нравились. Иной даже не красив, корявый какой-нибудь, а пойдет — точно сам сатана его дергает, ногами пляшет, руками машет, головой вертит, талией крутит — весь и колотит, и молотит. А тут в себе знаешь только одни немощи, и поневоле заглядишься и замечтаешься. Что с этим можно вкусить на пиру жизни?

Вот я и сказал моему чиновнику:

"Если вас, друг мой, будут еще расспрашивать: что мне более всего нравится, скажите, что здоровье, что я больше всего люблю людей бодрых, счастливых и веселых".

— Кажется, тут нет большой неосторожности? — приостановясь, вопросил рассказчик.

Слушатели подумали, и несколько голосов отвечали:

— Конечно, нет.

— Ну и прекрасно, и я тоже думал, что нет, а теперь вы извольте дальше слушать.

ГЛАВА ПЯТАЯ

Ко мне из палаты присылали в мое распоряжение на дежурство чиновника. Так, он докладывал мне о приходящих, отмечал кое-что, и, в случае надобности, сообщал адресы, за кем надо было послать или о чем-нибудь сходить справиться. Чиновник дан был под стать мне — пожилой, сухой и печальный. Впечатление производил нехорошее, но я мало обращал на него внимания, а звали его, как я помню, Орнатский. Фамилия прекрасная, точно герой из старинного романа. Но вдруг в один день говорят: Орнатский занемог, и вместо его экзекутор прислал другого чиновника.

— Какой такой? — спрашиваю, — может быть, я лучше бы подождал, пока Орнатский выздоровеет.

— Нет-с, — отвечает экзекутор, — Орнатский теперь не скоро, — он запил-с, и запой у него продолжится, пока Ивана Петровича мать его выпользует, а о новом чиновнике не извольте беспокоиться: вам вместо Орнатского самого Ивана Петровича назначили.

Я на него смотрю и немножечко не понимаю: про какого это он мне про самого Ивана Петровича говорит, и в двух строках два раза его проименовал.

— Что это, — говорю, — за Иван Петрович?

— Иван Петрович!.. это который у регистратуры сидит — помощник. Я думал, что вы его изволили заметить: самый красивый, его все замечают.

— Нет, — говорю, — я не заметил, а как его зовут?

— Иван Петрович.

— А фамилия?

— Фамилия...

Экзекутор сконфузился, взялся тремя пальцами за лоб и силился припомнить, но вместо того, почтительно улыбаясь, добавил:

— Простите, ваше превосходительство, вдруг как столбняк нашел и не могу вспомнить. Фамилия его Аквиляльбов, но мы все его называем просто Иван Петрович или иногда в шутку "Белый орел" за его красоту. Человек прекрасный, на счету у начальства, жалованья по должности помощника получает четырнадцать рублей пятнадцать копеек, живет с матушкой, которая некоторым гадает и пользует. Позвольте представить: Иван Петрович дожидается.

— Да, уж если так нужно, то попросите, пожалуйста, сюда этого Ивана Петровича.

"Белый орел! — думаю себе, — что это за странность. Мне орден следует белый орел, а не Иван Петрович".

А экзекутор приотворил дверь и крикнул:

— Иван Петрович, пожалуйте.

Я не могу вам его описывать без того, чтобы не впадать в некоторый шарж и не делать сравнений, которые вы можете счесть за преувеличения, но я вам ручаюсь, что как бы я ни старался расписать вам Ивана Петровича — живопись моя не может передать и половины красот оригинала.

Передо мною стоял настоящий "Белый орел", форменный Aquila alba,[3] как его изображают на полных парадных приемах у Зевса. Высокий, крупный, но чрезвычайно пропорциональный мужчина, и такого здорового вида, будто он никогда не горел и не болел, и не знал ни скуки, ни усталости. От него пышило здоровьем, но не грубо, а как-то гармонично и привлекательно. Цвет лица у Ивана Петровича был весь нежно-розовый с широким румянцем, щеки обрамлены светло-русым пушком, который, однако, уже переходил в зрелую растительность. Лет ему было как раз двадцать пять; волосы светлые, слегка волнистые, blonde, и такая же бородка с нежной подпалиной, и синие глаза под темными бровями и в темных ресницах. Словом, сказочный

---

[3] Белый орел - лат.

богатырь Чурило Апленкович не мог быть лучше. Но прибавьте к этому смелый, очень осмысленный и весело-открытый взгляд, и вы имеете перед собою настоящего красавца. Одет он в вицмундир, который сидел отлично, и темно-гранатного цвета шарф с пышным бантом.

Тогда носили шарфы.

Я и залюбовался Иваном Петровичем и, зная, что произвожу на людей, первый раз меня видящих, впечатление не легкое, сказал запросто:

— Здравствуйте, Иван Петрович!

— Здравия желаю, ваше превосходительство, — отвечал он очень задушевным голосом, который тоже показался мне чрезвычайно симпатичным.

Говоря ответную фразу в солдатской редакции, он, однако, мастерски умел дать своему тону оттенок простой и вполне позволительной шутливости, и в то же время один этот ответ устанавливал для всей беседы характер своего рода семейной простоты.

Мне становилось понятным, почему этого человека "все любят".

Не видя никакой причины мешать Ивану Петровичу держать его тон, я сказал ему, что я рад с ним познакомиться.

— И я с своей стороны тоже считаю это для себя за честь и за удовольствие, — отвечал он, стоя, но выступив шаг вперед своего экзекутора.

Мы раскланялись, — экзекутор ушел на службу, а Иван Петрович остался у меня в приемной.

Через час я попросил его к себе и спросил:

— У вас хороший почерк?

— У меня характер письма твердый, — отвечал он и сейчас же добавил: — Вам угодно, чтобы я что-нибудь написал?

— Да, потрудитесь.

Он сел за мой рабочий стол и через минуту подал мне лист, посередине которого четкою скорописью "твердого характера" было написано: "Жизнь на радость нам дана. — Иван Петров Аквиляльбов".

Я прочел и неудержимо рассмеялся: лучше того, что он написал, не могло к нему идти никакое выражение. "Жизнь на радость"; вся жизнь для него сплошная радость!

Совсем в моем вкусе человек!..

Я дал ему переписать на моем же столе малозначительную бумагу, и он сделал это очень скоро и без малейшей ошибки.

Потом мы расстались. Иван Петрович ушел, а я остался один дома и предался своей болезненной хандре, и признаюсь

— черт знает почему, несколько раз переносился мыслию к нему, то есть к Ивану Петровичу. Ведь вот он, небось, не охает и не хандрит. Ему жизнь на радость дана. И где это он проживает ее с такой радостью на свои четырнадцать рублей... Поди, пожалуй, в карты счастливо играет, или тоже взяточки перепадают... А может быть, купчихи... Недаром у него этот такой свежий гранатный галстух...

Сижу за раскрытыми передо мною во множестве делами и протоколами, а думаю о таких бесцельных, вовсе до меня не относящихся пустяках, а в это самое время человек докладывает, что приехал губернатор.

Прошу.

ГЛАВА ШЕСТАЯ

Губернатор говорит:

— У меня послезавтра квинтет, — надеюсь, будет недурно сыграно, и дамы будут, а вы, я слышал, захандрили у нас в глуши, и приехал вас навестить и просить на чашку чаю — может быть, не лишнее будет немножко развлечься.

— Покорно вас благодарю, но отчего вам кажется, что я хандрю?

— По Ивана Петровича замечанию.

— Ах, Иван Петрович! Это который у меня дежурит? И вы его знаете?

— Как же, как же. Это наш студент, артист, хорист, но только не аферист.

— Не аферист?

— Нет, он так счастлив, как Поликрат, ему не надо быть аферистом. Он всеобщий любимец в городе — и непременный член по части всяких веселостей.

— Он музыкант?

— Мастер на все руки: спеть, сыграть, протанцевать, веселые фанты устроить — все Иван Петрович. Где пир, там и Иван Петрович: затевается аллегри или спектакль с благотворительною целью — опять Иван Петрович. Он и выигрыши распределит, и вещицы всех красивее расставит; сам декорации нарисует, а потом сейчас из маляра в актера на любую роль готов. Как он играет королей, дядюшек, пылких любовников — это загляденье, но особенно хорошо он старух представляет.

— Будто и старух!

— Да удивительно! вот я к послезавтрашнему вечеру, признаться, и готовлю с помощью Ивана Петровича маленький сюрприз. Будут живые картины. — Иван Петрович их поставит. Разумеется, будут и такие, что ставятся для дам, желающих себя показать, но три будут иметь кое-что и для настоящего художника.

— Это сделает Иван Петрович?

— Да, Иван Петрович. Картины представляют "Саула у волшебницы андорской". Сюжет, как известно, библейский, а расположение фигур несколько дутое, что называется "академическое", но тут все дело в Иване Петровиче. На одного его все и будут смотреть — особенно когда при втором открытии картины обнаружится наш сюрприз. Вам я могу сказать этот секрет. Картина открывается, и вы увидите Саула: это царь, царь с головы до ног! Он будет одет, как все. Ни малейшего отличия, потому что по сюжету Саул приходил к волшебнице переодетым, так чтобы она его не узнала, но его нельзя не узнать. Он царь, и притом настоящий библейский царь-пастух. Но занавес упадет, фигура быстро изменяет свое положение: Саул лежит ниц перед явившейся тенью Самуила. — Саула теперь все равно что нет, но зато какого видите Самуила в саване!.. Это вдохновеннейший пророк, на раменах которого почиет сила в лице, величие и мудрость. Этот мог "повелеть царю явиться и в Вефиле и в Галгалах".

— И это будет опять Иван Петрович?

— Иван Петрович! но ведь это не конец. Если попросят повторения, — в чем я уверен и сам о том позабочусь, — то мы вас не станем томить задами, а вы увидите продолжение эпопеи.

Новая сцена из жизни Саула будет совсем без Саула. Тень исчезла, царь и сопровождавшие его вышли; в двери можно заметить только кусок плаща на спине последней удаляющейся фигуры, а на сцене одна волшебница...

— И это опять Иван Петрович!

— Разумеется! Но ведь вы перед собою увидите не то, как изображают ведьм в "Макбете"... Никакого столбнякового ужаса, ни ломки, ни кривляний, но вы увидите лицо, которое знает то, что не снилось мудрецам. Вы увидите, как страшно говорить с выходцем из могилы.

— Воображаю, — отвечал я, будучи всемерно далек от

мысли, что не пройдет трех дней, как мне приведется не воображать, а на самом себе испытывать такую пытку.

Но это пришло после, а теперь все было полно одним Иваном Петровичем — этим веселым, живым человеком, который вдруг, как боровичок после грибного дождичка, из муравы выскочил, не велик еще, а отовсюду его видно, — все на него поглядывают и улыбаются: "Вот-де какой крепенький да хорошенький".

ГЛАВА СЕДЬМАЯ

Я вам передавал, что говорил о нем его экзекутор и губернатор, а когда я полюбопытствовал, не слыхал ли чего-нибудь о нем один из моих чиновников светского направления, так они оба враз заговорили, что встречали его и что он в самом деле очень мил и хорошо поет с гитарой и с фортепиано. И им он тоже нравился. На другой день заходит протопоп. Он, как я побывал у него в церкви, всякий праздник приносил мне просфору и на всех священноябедничал. Он ни о ком хорошо не говорил и в этом отношении не делал исключения и для Ивана Петровича, но зато священноябедник знал не только природу всякой вещи, но и ее происхождение. Про Ивана Петровича он сам начал:

— Вам чинца обменили. Это все с умыслью...

— Да, — говорю, — какого-то Ивана Петровича дали.

— Ведом нам, как же, довольно ведом. Мой свояк, на которого место я сюда переведен с обязательством воспитать сирот, он его и крестил... Отец-то тоже был из колокольных дворян... в приказные вышел, а мать... Кира Ипполитовна... Такое у нее имечко, — она по страстной любви к его родителю уходом за него ушла... Скоро, однако, вкусила и горечи любовного зелья, а потом и овдовела.

— Она сама сына воспитывала?

— Да какое его воспитание: в гимназии классов пять проучился, да и пошел в писатели в уголовную палату... со временем помощником сделали... А счастлив очень: в прошлом году коня с седлом в лотерею выиграл и с губернатором на охоту нынче за зайцами ездил... Фортепиан, полковые выходили, так разыгрывали, — опять тоже ему достался. Я пять билетов взял и не выиграл, а он всего один, да и на тот получил. Сам музычит и Татьяну учит.

— Это кто же — Татьяна?

— Сиротку они взяли — ничего себе... черномазенькая. Он ее обучает.

Весь день проговорили об Иване Петровиче, а вечером слышу, у моего Егора в комнатке что-то жужжит. Зову его и спрашиваю, что это у тебя такое?

— Это, — отвечает, — я пропилеи делаю.

— Что еще за пропилеи?

Иван Петрович, обратив внимание, что Егор скучает от бездействия, принес ему пилок и дощечек от сигарных ящиков с наклеенными узорами и научил его подставочки выпиливать.

— Заказ дал к лотерее.

ГЛАВА ВОСЬМАЯ

Утром в тот день, когда Иван Петрович вечером должен был и играть и всех удивлять в картинах на пиру у губернатора, я не хотел его задерживать, но он оставался при мне до обеда и даже очень насмешил меня. Я пошутил, что ему надо бы жениться, а он отвечал, что предпочитает остаться "в девушках". В Петербург его звал.

— Нет, — говорит, — ваше превосходительство, меня здесь все любят, да и мать, и сиротка Таня у нас есть, я их люблю, а они для Петербурга не годятся.

Удивительно какой гармоничный молодой человек! Я его даже обнял за эту любовь к матери и сиротке, и мы расстались за три часа до картин.

На прощанье я сказал:

— Нетерпеливо жду вас видеть в разных видах.

— Надоем, — отвечал Иван Петрович.

Он ушел, а я пообедал один и прикорнул в кресле, чтобы быть бодрее, но Иван Петрович не дал мне заснуть: он меня скоро и немножко странно потревожил. Вдруг вошел очень спешной походкой, шумно оттолкнул ногою стоявшие посередине комнаты стулья и говорит:

— Вот можете меня видеть; но только покорно вас благодарю — вы меня сглазили. Я вам за это отомщу.

Я проснулся, позвонил человека и велел подавать одеваться, и сам себе подивился: как ясно привиделся мне во сне Иван Петрович!

Приезжаю к губернатору — все освещено, и гостей уже много, но сам губернатор, встречая меня, шепчет:

— Расстроилась самая лучшая часть программы: картины не могут состояться.

— А что случилось?

— Тссс... я не хочу говорить громко, чтобы не портить общего впечатления. Иван Петрович умер.

— Как!.. Иван Петрович!.. умер?!

— Да, да, да, — умер.

— Помилуйте, — он три часа тому назад был у меня, здоров-здоровешенек.

— Ну и вот, придя от вас, прилег на диван да и умер... И вы знаете... я должен вам сказать на тот случай, чтобы его мать... она в таком безумии, что может прибежать к вам... Она, несчастная, убеждена, что вы и есть виновник смерти сына.

— Каким образом? Отравили его у меня, что ли?

— Этого она не говорит.

— Что же она говорит?

— Что вы Ивана Петровича сглазили!

— Позвольте... — говорю, — что за пустяки!

— Да, да, да, — отвечает губернатор, — все это, разумеется, глупости, но ведь здесь провинция — здесь глупостям охотнее верят, чем умностям. Разумеется, не стоит обращать внимания.

В это время губернаторша предложила мне карту.

Я сел, но что я только выносил за этою мучительною игрою — и сказать вам не могу. Во-первых, мучит сознание, что этот милый молодой человек, которым я так любовался, лежит теперь на столе, а во-вторых, мне беспрестанно кажется, что все о нем шепчут и на меня указывают: "сглазил", даже слышу это глупое слово "сглазил, сглазил", а в-третьих, позвольте вам за истину сказать — я вижу везде самого Ивана Петровича!.. Так глаз, что ли, наметался — куда ни взгляну — все Иван Петрович... То он ходит, прогуливается по пустой зале, в которую открыты двери; то стоят двое разговаривают — и он возле них, слушает. Потом вдруг около самого меня является и в карты смотрит... Тут я, разумеется, и понесу с рук что попало, а мой vis-a-vis обижается. Наконец даже другие стали это замечать, и губернатор шепнул мне на ухо:

— Это вам Иван Петрович портит: он вам мстит за себя.

— Да, — говорю, — я действительно расстроен, и мне очень

нездоровится. Я прошу позволения расписать игру и меня уволить.

Это одолжение мне сделали, и я сейчас же поехал домой. Но я еду на санях, и Иван Петрович со мною — то рядом сидит, то на облучке с кучером явится, а лицом ко мне.

Думаю: не горячка ли у меня начинается?

Приехал домой — еще хуже. Чуть лег в постель и погасил огонь, — Иван Петрович сидит на краю кровати и даже говорит:

— Вы, — говорит, — меня ведь в самом деле сглазили, я и умер, а мне никакой надобности не было так рано умирать. В том-то и дело!.. Меня все так любили, и тоже матушка, и Танюша — она еще недоучена. Какое им от этого ужасное горе!

Я позвал человека и, как это ни было неловко, велел ему лечь у себя на ковре, но Иван Петрович не боится; куда ни оборочусь — он торчит передо мною, да и баста.

Насилу я утра дождался и первым делом послал одного из своих чиновников к матери покойного, чтобы отвез и как можно деликатнее передал ей триста рублей на похороны.

Тот возвращается и привозит деньги назад: говорит — не приняли.

— Что же, — спрашиваю, — сказали?

— Сказали, что "не надо: его добрые люди похоронят". Я, значит, был на счету злых.

А Иван-то Петрович, как только я про него вспомню, сейчас тут и есть.

В сумерки не мог оставаться спокойно: взял извозчика и сам поехал, чтобы взглянуть на Ивана Петровича и поклониться. Это ведь в обычае, и я думал, что никого не обеспокою. А в карман взял все, что мог, — семьсот рублей, чтобы упросить их принять хоть для Тани.

ГЛАВА ДЕВЯТАЯ

Видел Ивана Петровича: лежит "Белый орел" как подстреленный.

Таня тут же ходит. Такая, действительно, черномазенькая, лет пятнадцати, в коленкоровом трауре и все покойника оправляет. По голове его поправит и поцелует.

Какое терзание это видеть!

Попросил ее: нельзя ли мне поговорить с матерью Ивана Петровича.

Девушка отвечала: "хорошо" и пошла в другую комнату, а через минуту отворяет дверь и приглашает взойти, но только что я вошел в комнату, где сидела старушка, та сейчас встала и извиняется:

— Нет, простите меня, — я напрасно на себя понадеялась, я не могу вас видеть, — и с этим ушла.

Я был не обижен и не сконфужен, а просто подавлен, и обратился к Тане:

— Ну, хоть вы, молодое существо, может быть, вы можете быть ко мне добрее. Ведь я же, поверьте, не желал и не имел причины желать Ивану Петровичу какого-нибудь несчастия, а тем меньше смерти.

— Верю, — уронила она. — Ему никто не мог желать ничего дурного — его все любили.

— Поверьте, что в два-три дня, которые я его видел, и я полюбил его.

— Да, да, — сказала она. — О, эти ужасные "два-три дня" — зачем они были? Но тетя это в горе так обошлась с вами; а мне вас жалко.

И она протянула мне обе ручки. Я взял их и сказал:

— Благодарю вас, милое дитя, за эти чувства; они делают честь и вашему сердцу и благоразумию. Нельзя же, в самом деле, верить такому вздору, будто я его сглазил!

— Знаю, — отвечала она.

— Так явите же мне ласку... сделайте мне одолжение во имя его!

— Какое одолжение?

— Возьмите вот этот конверт... тут немножко денег... это на домашние надобности... для тети.

— Она не примет.

— Ну, для вас... для вашего образования, о котором заботился Иван Петрович. Я глубоко уверен, что он бы это оправдал.

— Нет; благодарю вас, я не возьму. Он никогда ни у кого ничего не брал даром. Он был очень, очень благородный.

— Но вы меня этим огорчаете... вы, значит, на меня сердитесь.

— Нет, не сержусь. Я вам дам доказательство.

Она раскрыла лежавший на столе французский учебник Олендорфа, торопливо достала лежавшую там между страниц фотографическую карточку Ивана Петровича и, подавая ее мне, сказала:

103

— Вот это он положил. До сих пор мы вчера доучились. Возьмите это от меня на память.

Тем свидание и кончилось. На другой день Ивана Петровича хоронили, а потом я еще дней восемь оставался в городе, и все в той же мучительности. Ночью нет сна; прислушиваюсь к каждому шороху; открываю фортки в окнах, чтобы хоть с улицы долетал какой-нибудь свежий человеческий голос. Но мало пользы: идут два человека, разговаривают, — прислушиваюсь, — про Ивана Петровича и про меня.

Поет кто-то, возвращаясь в тишине ночи домой: слышу, как у него снег под ногами хрустит, разбираю слова: "Ах, бывал я удал", — жду, когда певец поравняется с моим окном, — гляжу — это сам Иван Петрович. А тут еще и отец протоиерей жалует и шепчет:

— Сглаз и приурок есть, да ведь это цыплят глазят, а Ивана Петровича отравили...

Мучительно!

— Для чего и кто мог его отравить?

— Опасались, чтобы он вам всего не рассказал... Его бы непременно надо было распотрошить. Жаль, что не распотрошили. Яд бы нашли.

Господи! избавь меня хотя бы этой подозрительности!

Наконец вдруг совершенно неожиданно получаю конфиденциальное письмо от директора канцелярии, что граф предписывает мне ограничиться тем, что я успел сделать, и нимало не медля вернуться в Петербург.

Я был очень этому рад, в два дня собрался и уехал.

Дорогою Иван Петрович не отставал — нет, нет, да и покажется, но теперь, от перемены ли места или оттого, что человек ко всему привыкает, я осмелел и даже привык к нему. Мотается он у меня в глазах, а я уже ничего; даже иногда в дремоте как будто друг с другом шутим. Он грозится:

— Пробрал я тебя! А я отвечаю:

— А ты все-таки по-французски не выучился! А он отвечает:

— На что мне учиться: я теперь отлично самоучкой жарю,

ГЛАВА ДЕСЯТАЯ

В Петербурге я почувствовал, что мною не то что недовольны, а хуже, как-то сожалительно, как-то странно на меня смотрят.

Сам Виктор Никитич видел меня всего одну минуту и не сказал ни слова, но директору, который был женат на моей родственнице, он говорил, что ему кажется, будто я нездоров...

Разъяснений не было. Через неделю подошло Рождество, а потом Новый год. Разумеется, праздничная сутолока — ожидание наград. Меня это не сильно озабочивало, тем более что я знал мою награду — "Белый орел". Родственница моя, что за директором, еще накануне мне и орден с лентой в подарок прислала, и я положил в бюро и орден, и конверт с ста рублями для курьеров, которые принесут приказ.

Но ночью вдруг толк меня в бок Иван Петрович и под самый под нос мне шиш. При жизни он был гораздо деликатнее, и это совсем не отвечало его гармонической натуре, а теперь, как сорванец, ткнул шиш и говорит:

— С тебя пока вот этого довольно. Мне надо к бедной Тане, — и сник.

Встаю утром. — Курьеров с приказом нет. Спешу к зятю узнать: что это значит?

— Ума, — говорит, — не приложу. Было, стояло, и вдруг точно в печати выпало. Граф вычеркнул и сказал, что это он лично доложит... Тебе, знаешь, вредит какая-то история... Какой-то чиновник, выйдя от тебя, как-то подозрительно умер... Что это такое было?

— Оставь, — говорю, — сделай милость.

— Нет, в самом деле... граф даже не раз спрашивал: как ты в своем здоровье... Оттуда разные лица писали, и в том числе общий духовник, протопоп... Как ты мог позволить вмешать себя в такое странное дело!

Я слушаю, а сам, — как Иван Петрович из-за могилы стал делать, — чувствую одно желание ему язык или шиш показать.

А Иван Петрович, по награждении меня шишом вместо "Белого орла", исчез и не показывался ровно три года, когда сделал мне заключительный и притом всех более осязательный визит.

ГЛАВА ОДИННАДЦАТАЯ

Было опять Рождество и Новый год и также ожидались награды. Меня уже давно обходили, и я об этом не заботился. Не дают, и не надо. Встречали Новый год у сестры, — очень весело, — гостей много. Здоровые люди ужинали, а я перед ужином посматриваю, как бы улизнуть, и подвигаюсь к двери, но вдруг слышу в общем говоре такие слова:

— Теперь мои скитальчества кончены: мама со мною. Танюша устроена за хорошего человека; последнюю шутку сделаю и же ман вэ! — И потом вдруг протяжно запел:

Прощай, моя родная,
Прощай, моя земля.

"Эге, — думаю, — опять показался, да еще и французить начал... Ну, я лучше кого-нибудь подожду, один по лестнице не пойду".

А он мимо меня изволит проходить, все в том же виц-мундире с пышным гранатного цвета галстухом, и только минул, вдруг парадная дверь так хлопнула, что весь дом затрясся.

Хозяин и люди бросились посмотреть, не добрался ли кто до гостиных шуб, но все было на месте, и дверь на ключе... Я молчал, чтобы опять не сказали "галюцинат" и не стали осведомляться о здоровье. Хлопнуло, и шабаш, — мало ли что может хлопать...

Я досидел случая, чтобы не одному идти, и благополучно возвращаюсь домой. Человек у меня был уже не тот, который со мною ездил и которому Иван Петрович пропилейные уроки давал, а другой; встречает он меня немножко заспан и светит. Проходим мимо конторки, и я вижу, что-то лежит белой бумагой прикрыто... Смотрю, мой орден Белого орла, который тогда, помните, сестра подарила... Он всегда заперт был. Как он мог взяться! Конечно, скажут: "сам, верно, в забывчивости вынул". Так не стану об этом спорить, но а вот это что такое: на столике у моего изголовья небольшой конвертик на мое имя, и рука как будто знакомая... Та самая рука, которою было написано "жизнь на радость нам дана".

— Кто принес? — спрашиваю.

А человек прямо показывает мне на фотографию Ивана Петровича, которую я берегу, память от Танюши, и говорит:

— Вот этот господин.

— Ты, верно, ошибся.

— Никак нет, — говорит, — я его с первого взгляда узнал.

В конверте оказался на почтовой бумажке экземпляр приказа: мне дали "Белого орла". И что еще лучше, всю остальную ночь я спал, хотя слышал, как что-то где-то пело самые глупые слова: "До свиданс, до свиданс, — же але о контраданс".

По преподанной мне Иван Петровичем опытности в жизни духов, я понимал, что это Иван Петрович "по-французски жарит самоучкою", отлетая, и что он больше меня уже никогда не побеспокоит. Так и вышло: он мне отмстил и помиловал. Это понятно. А вот почему у них в мире духов все так спутано и смешано, что жизнь человеческая, которая всего дороже стоит, отомщевается пустым пуганьем да орденом, а прилет из высших сфер сопровождается глупейшим пением "до свиданс, же але о контраданс", этого я не понимаю.

ДУХ ГОСПОЖИ ЖАНЛИС

> Духа иногда гораздо легче
> вызвать, чем от него избавиться.
>
> А. Б. Калмет

ГЛАВА ПЕРВАЯ

Странное приключение, которое я намерен рассказать, имело место несколько лет тому назад, и теперь оно может быть свободно рассказано, тем более что я выговариваю себе право не называть при этом ни одного собственного имени.

Зимою 186* года в Петербург прибыло на жительство одно очень зажиточное и именитое семейство, состоявшее из трёх лиц: матери — пожилой дамы, княгини, слывшей женщиною тонкого образования и имевшей наилучшие светские связи в России и за границею; сына её, молодого человека, начавшего в этот год служебную карьеру по дипломатическому корпусу, и дочери, молодой княжны, которой едва пошёл семнадцатый год.

Новоприбывшее семейство до сей поры обыкновенно проживало за границею, где покойный муж старой княгини занимал место представителя России при одном из второстепенных европейских дворов. Молодой князь и княжна родились и выросли в чужих краях, получив там вполне иностранное, но очень тщательное образование.

ГЛАВА ВТОРАЯ

Княгиня была женщина весьма строгих правил и заслуженно пользовалась в обществе самой безукоризненной репутацией. В своих мнениях и вкусах она придерживалась взглядов прославленных умом и талантами французских женщин времён процветания женского ума и талантов во

Франции. Княгиню считали очень начитанною и говорили, что она читает с величайшим разбором. Самое любимое её чтение составляли письма г-жи Савиньи, Лафает и Ментенон, а также Коклюс и Данго Куланж, но всех больше она уважала г-жу Жанлис, к которой она чувствовала слабость, доходившую до обожания. Маленькие томики прекрасно сделанного в Париже издания этой умной писательницы, скромно и изящно переплетённые в голубой сафьян, всегда помещались на красивой стенной этажерке, висевшей над большим креслом, которое было любимым местом княгини. Над перламутровой инкрустацией, завершавшей самую этажерку, свешиваясь с тёмной бархатной подушки, покоилась превосходно сформированная из terracota миниатюрная ручка, которую целовал в своём Фернее Вольтер, не ожидавший, что она уронит на него первую каплю тонкой, но едкой критики. Как часто перечитывала княгиня томики, начертанные этой маленькой ручкой, я не знаю, но они всегда были у ней под рукою, и княгиня говорила, что они имеют для неё особенное, так сказать таинственное значение, о котором она не всякому решилась бы рассказывать, потому что этому не всякий может поверить. По её словам выходило, что она не расстаётся с этими волюмами "с тех пор, как себя помнит", и что они лягут с нею в могилу.

— Мой сын, — говорила она, — имеет от меня поручение положить книжечки со мной в гроб, под мою гробовую подушку, и я уверена, что они пригодятся мне даже после смерти.

Я осторожно пожелал получить хотя бы самые отдалённые объяснения по поводу последних слов, — и получил их.

— Эти маленькие книги, — говорила княгиня, — напоены духом Фелиситы (так она называла m-me Genlis, вероятно в знак короткого с нею общения). Да, свято веря в бессмертие духа человеческого, я также верю и в его способность свободно сноситься из-за гроба с теми, кому такое сношение нужно и кто умеет это ценить. Я уверена, что тонкий флюид Фелиситы избрал себе приятное местечко под счастливым сафьяном, обнимающим листки, на которых опочили её мысли, и если вы не совсем неверующий, то я надеюсь, что вам это должно быть понятно.

Я молча поклонился. Княгине, по-видимому, понравилось, что я ей не возражал, и она в награду мне прибавила, что всё, ею мне сейчас сказанное, есть не только вера, но настоящее и полное убеждение, которое имеет такое твёрдое основание, что его не могут поколебать никакие силы.

— И это именно потому, — заключила она, — что я имею множество доказательств, что дух Фелиситы живёт, и живёт именно здесь!

При последнем слове княгиня подняла над головою руку и указала изящным пальцем на этажерку, где стояли голубые волюмы.

ГЛАВА ТРЕТЬЯ

Я от природы немножко суеверен и всегда с удовольствием слушаю рассказы, в которых есть хотя какое-нибудь место таинственному. За это, кажется, прозорливая критика, зачислявшая меня по разным дурным категориям, одно время говорила, будто я спирит.

Притом же, к слову сказать, всё, о чем мы теперь говорим, происходило как раз в такое время, когда из-за границы к нам приходили в изобилии вести о спиритических явлениях. Они тогда возбуждали любопытство, и я не видал причины не интересоваться тем, во что начинают верить люди.

"Множество доказательств", о которых упоминала княгиня, можно было слышать от неё множество раз: доказательства эти заключались в том, что княгиня издавна образовала привычку в минуты самых разнообразных душевных настроений обращаться к сочинениям г-жи Жанлис как к оракулу, а голубые волюмы, в свою очередь, обнаруживали неизменную способность разумно отвечать на её мысленные вопросы.

Это, по словам княгини, вошло в её "абитюды", которым она никогда не изменяла, и "дух", обитающий в книгах, ни разу не сказал ей ничего неподходящего.

Я видел, что имею дело с очень убеждённой последовательницей спиритизма, которая притом не обделена умом, опытностью и образованием, и потому чрезвычайно всем этим заинтересовался.

Мне было уже известно кое-что из природы духов, и в том, чему мне доводилось быть свидетелем, меня всегда поражала одна общая всем духам странность, что они, являясь из-за гроба, ведут себя гораздо легкомысленнее и, откровенно сказать, глупее, чем проявляли себя в земной жизни.

Я уже знал теорию Кардека о "шаловливых духах" и теперь крайне интересовался: как удостоит себя показать при мне дух остроумной маркизы Сюльери, графини Брюсляр?

Случай к тому не замедлил, но, как и в коротком рассказе, так же как в маленьком хозяйстве, не нужно портить порядка, то я прошу ещё минуту терпения, прежде чем довести дело до сверхъестественного момента, способного превзойти всяческие ожидания.

ГЛАВА ЧЕТВЁРТАЯ

Люди, составлявшие небольшой, но очень избранный круг княгини, вероятно, знали её причуды; но, как всё это были люди воспитанные и учтивые, то они умели уважать чужие верования, даже в том случае, если эти верования резко расходились с их собственными и не выдерживали критики. А потому никто и никогда с княгиней об этом не спорил. Впрочем, может быть и то, что друзья княгини не были уверены в том, что она считает свои голубые волюмы обиталищем "духа" их автора в прямом и непосредственном смысле, а принимали эти слова как риторическую фигуру. Наконец, может быть и ещё проще, то есть что они принимали всё это за шутку.

Один, кто не мог смотреть на дело таким образом, к сожалению, был я; и я имел к тому свои основания, причины которых, может быть, кроются в легковерии и впечатлительности моей натуры.

ГЛАВА ПЯТАЯ

Вниманию этой великосветской дамы, которая открыла мне двери своего уважаемого дома, я был обязан трём причинам: во-первых, ей почему-то нравился мой рассказ "Запечатлённый ангел", незадолго перед тем напечатанный в "Русском вестнике"; во-вторых, её заинтересовало ожесточённое гонение, которому я ряды лет, без числа и меры, подвергался от моих добрых литературных собратий, желавших, конечно, поправить мои недоразумения и ошибки, и, в-третьих, княгине меня хорошо рекомендовал в Париже русский иезуит, очень добрый князь Гагарин — старик, с которым мы находили удовольствие много беседовать и который составил себе обо мне не наихудшее мнение.

Последнее было особенно важно, потому что княгине было дело до моего образа мыслей и настроения; она имела, или по крайней мере ей казалось, будто она может иметь, надобность в небольших с моей стороны услугах. Как это ни странно для человека такого скромного значения, как я, это было так. Надобность эту княгине сочинила её материнская заботливость о дочери, которая совсем почти не знала по-русски... Привозя прелестную девушку на родину, мать хотела найти человека, который мог бы сколько-нибудь ознакомить княжну с русскою литературою, — разумеется, исключительно хорошею, то есть настоящею, а не заражённою "злобою дня".

О последней княгиня имела представления самые смутные и притом до крайности преувеличенные. Довольно трудно было понять, чего именно она боялась со стороны современных титанов русской мысли, — их ли силы и отваги, или их слабости и жалкого самомнения; но, улавливая кое-как, с помощью наведения и догадок, "головки и хвостики" собственных мыслей княгини, я пришёл к безошибочному, на мой взгляд, убеждению, что она всего определительнее боялась "нецеломудренных намёков", которыми, по её понятиям, была вконец испорчена вся наша нескромная литература.

Разуверять в этом княгиню было бесполезно, так как она была в том возрасте, когда мнения уже сложились прочно и очень редко кто способен подвергать их новому пересмотру и поверке. Она, несомненно, была не из этих, и, чтобы её переуверить в том, во что она уверовала, недостаточно было слова обыкновенного человека, а это могло быть по силам разве духу, который счёл бы нужным прийти с этою целью из ада или из рая. Но могут ли подобные мелкие заботы занимать бесплотных духов безвестного мира; не мелки ли для них все, подобные настоящему, споры и заботы о литературе, которую и несравненно большая доля живых людей считает пустым занятием пустых голов?

Обстоятельства, однако, скоро показали, что, рассуждая таким образом, я очень грубо заблуждался. Привычка к литературным прегрешениям, как мы скоро увидим, не оставляет литературных духов и за гробом, а читателю будет предстоять задача решить: в какой мере эти духи действуют успешно и остаются верны своему литературному прошлому.

ГЛАВА ШЕСТАЯ

Благодаря тому, что княгиня имела на всё строго сформированные взгляды, моя задача помочь ей в выборе литературных произведений для молодой княжны была очень определительна. Надо было, чтобы княжна могла из этого чтения узнавать русскую жизнь, и притом не встретить ничего, что могло бы смутить девственный слух. Материнскою цензурой княгини целиком не допускался ни один автор, ни даже Державин и Жуковский. Все они ей представлялись не вполне надёжными. О Гоголе, разумеется, нечего было и говорить, — он целиком изгонялся. Из Пушкина допускались: "Капитанская дочка" и "Евгений Онегин", но последний с значительными урезками, которые собственноручно отмечала княгиня. Лермонтов не допускался, как и Гоголь. Из новейших одобрялся несомненно один Тургенев, но и то кроме тех мест, "где говорят о любви", а Гончаров был изгнан, и хотя я за него довольно смело заступался, но это не помогло, княгиня отвечала:

— Я знаю, что он большой художник, но это тем хуже, — вы должны признать, что у него есть разжигающие предметы.

ГЛАВА СЕДЬМАЯ

Я во что бы то ни стало хотел знать: что такое именно разумеет княгиня под разжигающими предметами, которые она нашла в сочинениях Гончарова. Чем он мог, при его мягкости отношений к людям и обуревающим их страстям, оскорбить чьё бы то ни было чувство?

Это было до такой степени любопытно, что я напустил на себя смелость и прямо спросил, какие у Гончарова есть разжигающие предметы?

На этот откровенный вопрос я получил откровенный же, острым шёпотом произнесённый, односложный ответ: "локти".

Мне показалось, что я не вслушался или не понял.

— Локти, локти, — повторила княгиня и, видя мое недоразумение, как будто рассердилась. — Неужто вы не помните... как его этот... герой где-то... там засматривается на голые локти своей... очень простой какой-то дамы?

113

Теперь я, конечно, вспомнил известный эпизод из "Обломова" и не нашёл ответить ни слова. Мне, собственно, тем удобнее было молчать, что я не имел ни нужды, ни охоты спорить с недоступною для переубеждений княгинею, которую я, по правде сказать, давно гораздо усерднее наблюдал, чем старался служить ей моими указаниями и советами. И какие указания я мог ей сделать после того, как она считала возмутительным неприличием "локти", а вся новейшая литература шагнула в этих откровениях несравненно далее?

Какую надо было иметь смелость, чтобы, зная всё это, назвать хотя одно новейшее произведение, в которых покровы красоты приподняты гораздо решительнее!

Я чувствовал, что, при таком раскрытии обстоятельств, моя роль советчика должна быть кончена, — и решился не советовать, а противоречить.

— Княгиня, — сказал я, — мне кажется, что вы несправедливы: в ваших требованиях к художественной литературе есть преувеличение.

Я изложил ей всё, что, по моему мнению, относилось к делу.

ГЛАВА ВОСЬМАЯ

Увлекаясь, я произнёс не только целую критику над ложным пуризмом, но и привел известный анекдот о французской даме, которая не могла ни написать, ни выговорить слова "culotte",[4] но зато, когда ей однажды неизбежно пришлось выговорить это слово при королеве, она запнулась и тем заставила всех расхохотаться. Но я никак не мог вспомнить: у кого из французских писателей мне пришлось читать об ужасном придворном скандале, которого совсем бы не произошло, если бы дама выговорила слово "culotte" так же просто, как выговаривала его своими августейшими губками сама королева.

Цель моя была показать, что излишняя щепетильность может служить во вред скромности и что поэтому чересчур строгий выбор чтения едва ли нужен.

---

[4] штаны (франц.).

Княгиня, к немалому моему изумлению, выслушала меня, не обнаруживая ни малейшего неудовольствия, и, не покидая своего места, подняла над головою свою руку и взяла один из голубых волюмов.

— У вас, — сказала она, — есть доводы, а у меня есть оракул.

— Я, — говорю, — интересуюсь его слышать.

— Это не замедлит: я призываю дух Genlis, и он будет отвечать вам. Откройте книгу и прочтите.

— Потрудитесь указать, где я должен читать? — спросил я, принимая волюмчик.

— Указать? Это не мое дело: дух сам вам укажет. Раскройте где попало.

Мне это становилось немножко смешно и даже как будто стыдно за мою собеседницу; однако я сделал так, как она хотела, и только что окинул глазом первый период раскрывшейся страницы, как почувствовал досадительное удивление.

— Вы смущены? — спросила княгиня.

— Да.

— Да; это бывало со многими. Я прошу вас читать.

ГЛАВА ДЕВЯТАЯ

"Чтение — занятие слишком серьёзное и слишком важное по своим последствиям, чтобы при выборе его не руководить вкусами молодых людей. Есть чтение, которое нравится юности, но оно делает их беспечными и предрасполагает к ветрености, после чего трудно исправить характер. Всё это я испытала на опыте". Вот что прочёл я, и остановился.

Княгиня с тихой улыбкой развела руками и, деликатно торжествуя надо мною свою победу, проговорила:

— По-латыни это, кажется, называется dixi?[5]

— Совершенно верно.

С тех пор мы не спорили, но княгиня не могла отказать себе в удовольствии поговорить иногда при мне о невоспитанности русских писателей, которых, по её мнению, "никак нельзя читать вслух без предварительного пересмотра".

О "духе" Genlis я, разумеется, серьёзно не думал. Мало ли что говорится в этом роде.

---

[5] я высказался (лат.)

Но "дух" действительно жил и был в действии, и вдобавок, представьте, что он был на нашей стороне, то есть на стороне литературы. Литературная природа взяла в нём верх над сухим резонёрством и, неуязвимый со стороны приличия, "дух" г-жи Жанлис, заговорив du fond du Coeur,[6] отколол (да, именно отколол) в строгом салоне такую школярскую штуку, что последствия этого были исполнены глубокой трагикомедии.

ГЛАВА ДЕСЯТАЯ

У княгини раз в неделю собирались вечером к чаю "три друга". Это были достойные люди, с отличным положением. Два из них были сенаторы, а третий — дипломат. В карты, разумеется, не играли, а беседовали.

Говорили обыкновенно старшие, то есть княгиня и "три друга", а я, молодой князь и княжна очень редко вставляли свое слово. Мы более поучались, и, к чести наших старших, надо сказать, что у них было чему поучиться, — особенно у дипломата, который удивлял нас своими тонкими замечаниями.

Я пользовался его расположением, хотя не знаю за что. В сущности, я обязан думать, что он считал меня не лучше других, а в его глазах "литераторы" были все "одного корня". Шутя он говорил: "И лучшая из змей есть всё-таки змея".

ГЛАВА ОДИННАДЦАТАЯ

Будучи стоически верна своим друзьям, княгиня не хотела, чтобы такое общее определение распространялось и на г-жу Жанлис и на "женскую плеяду", которую эта писательница держала под своей защитою. И вот, когда мы собрались у этой почтенной особы встречать тихо Новый год, незадолго до часа полночи у нас зашёл обычный разговор, в котором опять упомянуто было имя г-жи Жанлис, а дипломат припомнил свое замечание, что "и лучшая из змей есть всё-таки змея".

---

[6] из глубины сердца (франц.)

— Правила без исключения не бывает, — сказала княгиня.

Дипломат догадался — кто должен быть исключением, и промолчал.

Княгиня не вытерпела и, взглянув по направлению к портрету Жанлис, сказала:

— Какая же она змея!

Но искушенный жизнью дипломат стоял на своём: он тихо помавал пальцем и тихо же улыбался, — он не верил ни плоти, ни духу.

Для решения несогласия, очевидно, нужны были доказательства, и тут-то способ обращения к духу вышел кстати.

Маленькое общество было прекрасно настроено для подобных опытов, а хозяйка сначала напомнила о том, что мы знаем насчёт её верований, а потом и предложила опыт.

— Я отвечаю, — сказала она, — что самый придирчивый человек не найдет у Жанлис ничего такого, чего бы не могла прочесть вслух самая невинная девушка, и мы это сейчас попробуем.

Она опять, как в первый раз, закинула руку к помещавшейся так же над её этаблисманом этажерке, взяла без выбора волюм — и обратилась к дочери:

— Мое дитя! раскрой и прочти нам страницу.

Княжна повиновалась.

Мы все изображали собою серьёзное ожидание.

ГЛАВА ДВЕНАДЦАТАЯ

Если писатель начинает обрисовывать внешность выведенных им лиц в конце своего рассказа, то он достоин порицания; но я писал эту безделку так, чтобы в ней никто не был узнан. Поэтому я не ставил никаких имен и не давал никаких портретов. Портрет же княжны и превышал бы мои силы, так как она была вполне, что называется, "ангел во плоти". Что же касается всесовершенной её чистоты и невинности, — она была такова, что ей можно было даже доверить решить неодолимой трудности богословский вопрос, который вели у Гейне "Bernardiner und Rabiner".[7] За эту не

---

[7] Бернардинец и раввин (нем.)

причастную ни к какому греху душу, конечно, должно было говорить нечто, стоящее превыше мира и страстей. И княжна, с этою именно невинностью, прелестно грассируя, прочитала интересные воспоминания Genlis о старости madame Dudeffand, когда она "слаба глазами стала". Запись говорила о толстом Джиббоне, которого французской писательнице рекомендовали как знаменитого автора. Жанлис, как известно, скоро его разгадала и едко осмеяла французов, увлечённых дутой репутацией этого иностранца.

Далее я привожу по известному переводу с французского подлинника, который читала княжна, способная решить спор между "Bernardiner und Rabiner".

"Джиббон мал ростом, чрезвычайно толст и у него преудивительное лицо. На этом лице невозможно различить ни одной черты. Ни носа, ни глаз, ни рта совсем не видно; две жирные, толстые щёки, похожие чёрт знает на что, поглощают всё... Они так надулись, что совсем отошли от всякой соразмерности, которая была бы мало-мальски прилична для самых больших щёк; каждый, увидав их, должен был бы удивляться: зачем это место помещено не на своём месте. Я бы характеризовала лицо Джиббона одним словом, если бы только возможно было сказать такое слово. Лозен, который был очень короток с Джиббоном, привёл его однажды к Dudeffand. M-me Dudeffand тогда уже была слепа и имела обыкновение ощупывать руками лица вновь представляемых ей замечательных людей. Таким образом она усвоила себе довольно верное понятие о чертах нового знакомца. К Джиббону она приложила тот же осязательный способ, и это было ужасно. Англичанин подошёл к креслу и особенно добродушно подставил ей своё удивительное лицо. M-me Dudeffand приблизила к нему свои руки и повела пальцами по этому шаровидному лицу. Она старательно искала, на чём бы остановиться, но это было невозможно. Тогда лицо слепой дамы сначала выразило изумление, потом гнев и, наконец, она, быстро отдёрнув с гадливостью свои руки, вскричала: "Какая гадкая шутка!"

ГЛАВА ТРИНАДЦАТАЯ

Здесь был конец и чтению, и беседе друзей, и ожидаемой встрече наступающего года, потому что, когда молодая княжна, закрыв книгу, спросила: "Что такое показалось m-me Dudeffand?", то лицо княгини было столь страшно, что девушка вскрикнула, закрыла руками глаза и опрометью бросилась в другую комнату, откуда сейчас же послышался её плач, похожий на истерику.

Брат побежал к сестре, и в ту же минуту широким шагом поспешила туда княгиня.

Присутствие посторонних людей было теперь некстати, и потому все "три друга" и я сию же минуту потихоньку убрались, а приготовленная для встречи Нового года бутылка вдовы Клико осталась завернутою в салфетку, но не раскупоренною.

ГЛАВА ЧЕТЫРНАДЦАТАЯ

Чувства, с которыми мы расходились, были томительны, но не делали чести нашим сердцам, ибо, содержа на лицах усиленную серьёзность, мы едва могли хранить разрывавший нас смех и не в меру старательно наклонялись, отыскивая свои галоши, что было необходимо, так как прислуга тоже разбежалась, по случаю тревоги, поднятой внезапной болезнью барышни.

Сенаторы сели в свои экипажи, а дипломат прошёлся со мною пешком. Он хотел освежиться и, кажется, интересовался узнать моё незначащее мнение о том, что могло представиться мысленным очам молодой княжны после прочтения известного нам места из сочинений m-me Жанлис?

Но я решительно не смел делать об этом никаких предположений.

ГЛАВА ПЯТНАДЦАТАЯ

С несчастного дня, когда случилось это происшествие, я не видал более ни княгини, ни её дочери. Я не мог решиться идти поздравить её с Новым годом, а только послал узнать о здоровье молодой княжны, но и то с большою нерешительностью, чтоб не приняли этого в другую сторону. Визиты же "кондолеансы" мне казались совершенно неуместными. Положение было преглупое: вдруг перестать посещать знакомый дом выходило грубостью, а явиться туда — тоже казалось некстати.

Может быть, я был и неправ в своих заключениях, но мне они казались верными; и я не ошибся: удар, который перенесла княгиня под Новый год от "духа" г-жи Жанлис, был очень тяжёл и имел серьёзные последствия.

ГЛАВА ШЕСТНАДЦАТАЯ

Около месяца спустя я встретился на Невском с дипломатом: он был очень приветлив, и мы разговорились.

— Давно не видал вас, — сказал он.

— Негде встречаться, — отвечал я.

— Да, мы потеряли милый дом почтенной княгини: она, бедняжка, должна была уехать.

— Как, — говорю, — уехать... Куда?

— Будто вы не знаете?

— Ничего не знаю.

— Они все уехали за границу, и я очень счастлив, что мог устроить там её сына. Этого нельзя было не сделать после того, что тогда случилось... Какой ужас! Несчастная, вы знаете, она в ту же ночь сожгла все свои волюмы и разбила вдребезги терракотовую ручку, от которой, впрочем, кажется, уцелел на память один пальчик, или, лучше сказать, шиш. Вообще пренеприятное происшествие, но зато оно служит прекрасным доказательством одной великой истины.

— По-моему, даже двух и трёх.

Дипломат улыбнулся и, смотря мне в упор, спросил

— Каких-с?

— Во-первых, это доказывает, что книги, о которых мы решаемся говорить, нужно прежде прочесть.

— А во-вторых?

— А во-вторых, — что неблагоразумно держать девушку в таком детском неведении, в каком была до этого случая молодая княжна; иначе она, конечно, гораздо раньше бы остановилась читать о Джиббоне.

— И в-третьих?

— В-третьих, что на духов так же нельзя полагаться, как и на живых людей.

— И всё не то: дух подтверждает одно моё мнение, что "и лучшая из змей есть всё-таки змея" и притом, чем змея лучше, тем она опаснее, потому что держит свой яд в хвосте.

Если бы у нас была сатира, то это для неё превосходный сюжет.

К сожалению, не обладая никакими сатирическими способностями, я могу передать это только в простой форме рассказа.

КОЛЫВАНСКИЙ МУЖ

Пошел по канун
И сам потонул.

(Русская пословица)

ГЛАВА ПЕРВАЯ

Из городов балтийского побережья я жил четыре сезона в Ревеле, четыре в окрестностях Риги и три в Аренсбурге, на острове Эзеле. В одну из моих побывок в Ревеле, — помнится, в первый год, когда там губернаторствовал М. Н. Галкин-Врасский, — я нанял себе домик в аллее "Под каштанами". Это в самом Екатеринентале, близко парка, близко купален, близко "салона" и недалеко от дома губернатора, к которому я тогда был вхож.

На дворе у моих дачных хозяев стояли три домика — все небольшие, деревянные, выкрашенные серенькою краскою и очень чисто содержанные. В домике, выходившем на улицу, жила сестра бывшего петербургского генерал-губернатора, князя Суворова, — престарелая княгиня Горчакова, а двухэтажный домик, выходивший одною стороною на двор, а другою — в сад, был занят двумя семействами: бельэтаж принадлежал мне, а нижний этаж, еще до моего приезда, был сдан другим жильцам, имени которых мне не называли, а сказали просто:

— Тут живут немки.

Все мы были жильцы тихие и, что называется, "обстоятельные". Важнее всех между нами была, разумеется, княгиня Варвара Аркадьевна Горчакова, влиятельное значение которой было, может быть, даже немножко преувеличено. О ней говорили, будто она "может сделать все через брата". Она, кажется, знала, что о ней так говорят, и не тяготилась этим. Впрочем, для некоторых она что-то и делала. Постоянное занятие ее состояло в том, что она принимала визиты знатных соотечественников и молилась Богу в русском соборе. Там тогда дьяконствовал нынешний настоятель русской церкви в Вене, о.

Николаевский, который отличался изяществом в священнослужении и почитался национальным борцом и "истинно русским человеком", так как он корреспондировал в московскую газету покойного Аксакова.

У княгини Горчаковой можно было встретить всю местную и наездную знать, начиная с М. Н. Галкина и Ланских до вице-губернатора Поливанова, которого не знали, на какое место ставить в числе "истинно русских людей". Княгиня также принимала, разумеется, и духовенство, особенно священника Феодора Знаменского и диакона Николаевского. В "фамилиях" у духовенства княгиня имела крестников и фаворитов, которым она понемножку "благодетельствовала" — впрочем, только "малыми" и "средними" дарами. До настоящих, "больших", она не доходила и имела, кажется, на то достаточные причины. Вообще же среди всего, что было в тот год знатного в Ревеле, княгиня Варвара Аркадьевна имела самое первое и почетное положение, и ее серенький домик ежедневно посещался как немецкими баронами, имевшими основание особенно любить и уважать ее брата, так и всеми более или менее достопримечательными "истинно русскими людьми".

Все здесь наперебой старались быть искательнее один другого, но отнюдь не все знали, на что им это годится и вообще может ли это хоть на что-нибудь годиться.

И дом, и круг были прелюбопытные и обещали много интереса.

Я большую часть своего времени проводил за столом у окна, выходившего в сад, которым, по условиям найма, имели равное право пользоваться жильцы верхнего и нижнего этажей, то есть мои семейные и занимавшие нижний этаж "немки". Но немки, нанявшие квартиру несколько раньше меня, не хотели признавать нашего права на совместное пользование садом; они все спорили с хозяйкою и утверждали, что та им будто бы об этом ни слова не сказала и что это не могло быть иначе, потому что они ни за что бы не согласились жить на таких условиях, чтобы их дети должны были играть в одном саду вместе с русскими детьми.

Спор возгорелся в первый же день нашего прибытия в Ревель, как только дети сошли в сад. Я узнал об этом сначала через донесение прислуги, для которой хозяйские контры на самых первых порах при занятии дачи представляли много захватывающего интереса, а потом я сам услыхал распрю в фазе ее наивысшего развития, когда спор был перенесен из комнат под открытое небо. Это было в полдень. В сад вышли три немки: дама высокая, стройная и довольно еще красивая, с седыми буклями; дама молодая и весьма красивая, одного типа и сильно схожая с первою, и третья — наша хозяйка, онемеченная эстонка, громко отстаивавшая права моего семейства на пользование садом.

Все были в большом волнении — особенно хозяйка и старшая из двух "нижних дам", как их называла моя прислуга.

Хозяйка возвышенным голосом говорила:

— Я вас предупреждала... я говорила, что наверху будут жильцы, и сад всем вместе.

А старшая дама на все кротко отвечала: "Nein!"[8] и встряхивала буклями и краснела. Младшая дама трогала обеих этих за руки и упрашивала их "не разбудить малютку".

Сама же эта дама держала за руки двух хорошо одетых мальчиков — одного лет пяти и другого лет трех. Оба они не спали. Значит, кроме этих двух детей, было еще третье, которое спало. Может быть, это слабое и больное дитя. Бедная мать так за него беспокоится.

Мне стало жаль ее, и, чтобы положить конец тяжелой сцене, я решился отказаться от сада и кликнул домой своих племянников.

Дети вышли, за ними удалилась хозяйка, и садик остался в обладании двух немок. Они успокоились, вышли и повесили на дверце садовой решетки замок.

Хозяйка при встрече со мною жаловалась на возложение замка, называла это "дерзостью" и советовала мне где-то "требовать свои права". Прислуга совершенно напрасно прозвала обеих дам "язвительными немками".

Я не поддавался этому злому внушению и находил в обеих дамах много симпатичного. Я на них не жаловался, оставался вежлив, спокоен и не предъявлял более на сад никаких требований. Садик оставался постоянно запертым, но мы от этого не чувствовали ни малейшего лишения, так как деревья своими зелеными вершинами прямо лезли в окна, а роскошный екатеринентальский парк начинался сейчас же у нашего домика.

Немки выжили нас из садика не по надобности, а как будто больше по какому-то принципу. Впрочем, он был им нужнее, чем нам. Они почти постоянно были в саду обе и с двумя детьми и непременно запирались на замок. Это им было не совсем ловко делать — надо было перевешиваться за решетку и вдевать замок в пробой с наружной стороны, но они все это выполняли тщательно и аккуратно. Я думал, что они

---

[8] Нет! - нем.

опасаются, как бы мы не ворвались в садик насильно, и тогда им придется нас выбивать вон. При этом им, вероятно, представлялась война, а судьбы всякой войны неразгаданны, и потому лучше запереться и держаться в своем укреплении.

ГЛАВА ВТОРАЯ

Так это и шло. Победа была за немками, и никто не покушался у них ее оспаривать. Дети наши были совершенно равнодушны к маленькому домашнему садику ввиду свободы и простора, которые открывал им берег моря, и только кухарка с горничною немножко дулись, так как они рассчитывали на даче пить кофе в "присаднике"; но когда это не удалось, я позаботился успокоить их претензию предоставлением им других выгод, и дело уладилось. Притом же обе эти девушки отличались столь добрыми и незлопамятными сердцами, что удовольствовались возможностью пить свой кофе у растворенного окна и не порывались в садик, а я был даже доволен, что немки никого не пускали в сад, где благодаря этому была постоянная тишина, представлявшая значительные удобства для моих литературных занятий.

Вставая из-за своего рабочего стола и подходя к окну, чтобы покурить папироску, я всегда видел двух этих дам, всегда с работою в руках, и около них двух изящно одетых мальчиков, которых звали "Фридэ" и "Воля". Мальчики играли и пели "Anku dranku dri-li-dru, seter faber fiber-fu". Мне это нравилось. Вскоре появился и третий, только недавно еще увидавший свет малютка. Его вывозили в хорошую пору дня в крытой колясочке.

Обе женщины жили, по-видимому, в большой дружбе и в таком полном согласии, что почему-то чувствовалось, как будто у них есть какая-то важная тайна, которую обе они берегут и обе за нее боятся.

Образ жизни их был самый тихий и безупречный. Овладев безраздельно садиком при даче, они им одним и довольствовались и не показывались ни на музыке, ни в парке. Об их общественном положении я не знал ровно ничего. Прислуга доносила только, что старшая из дам называется "баронесса" и что обе они так горды, что никогда не отвечают на поклоны и не знают ни одного слова по-русски.

Только один раз тишина, царствовавшая в их доме, была нарушена посещением трех лиц, из которых первое можно было принять за какое-то явление.

Я первый подстерег, как оно нас осветило, — именно я не могу подобрать другого слова, как осветило.

Хлопнула входная серая калитка, и в ней показалось легкое, грациозное и все сияющее светлое создание — молодая белокурая девушка с красивым саквояжем в одной руке и с зонтиком в другой. Платьице на ней было легкое, из бледно-голубого ситца, а на голове простая соломенная шляпа с коричневою лентою и с широкими полями, отенявшими ее прелестное полудетское лицо.

Навстречу ей из окна нижнего этажа раздался возглас:
— Aurora! Она отвечала:
— Tante!

И вдруг и баронесса, и ее дочь выбежали к Авроре, а Аврора бросилась к ним, и, как говорится, "не было конца поцелуям".

Через час Аврора и младшая из дам вышли в сад. Они долго щебетали и целовались, — потом сели. Аврора теперь была без шляпы, но в очень ловко сшитом платьице, а на голове имела какой-то розовый колпачок, придававший ее легкой и грациозной фигуре что-то фригийское.

Аврора ласкала даму по голове и несколько раз принималась целовать ее руки и называла ее Лина.

Вышедшая к ним в сад баронесса обнимала и целовала их обеих.

Из их разговора я понял, что Аврора и Лина — кузины.

Вечером в этот же день к ним приехали два почтенные гостя: пастор и вице-адмирал, которого называли "Onkel".[9] Они оставались недолго и уехали. А вслед за ними, в сумерки, пронеслась опять со своим саквояжем Аврора, и ее больше не стало.

Мои девушки узнали, что старая баронесса проводила "эту зажигу" на пароход, и при этом они также расследовали, что "у немок были крестины", и именно окрестили того малютку, который выезжал в сад в своей детской колясочке.

Мне до этого не было никакого дела, и я надеялся, что и позже это никогда меня нимало не коснется; но вышло, что я ошибался.

---

[9] Дядя - нем.

Завтра и послезавтра и в целый ряд последующих дней у нас все шло по-прежнему: все наслаждались прекрасными днями погожего лета, два старшие мальчика пели под моими окнами "Anku dranku dri-li-dru", а окрещенный пеленашка спал в своей коляске, как вдруг совершенно неожиданно вся эта тишь была прервана и возмущена набежавшею с моря страшною бурею.

ГЛАВА ТРЕТЬЯ

В один прекрасный день, перед вечером, когда удлинялись тени деревьев и вся дачная публика выбиралась на promenade,[10]— в калитке нашего серого дома показался молодой и очень красивый морской офицер. Значительно растрепанный и перепачканный, он вошел порывисто и спешною походкою направился прямо в помещение, занимаемое немками, где по этому поводу сейчас же обнаружилось некоторое двусмысленное волнение.

Прежде молодая немка прокричала:

— Er ist gekommen... ah![11]

А потом старшая повторила:

— Ah! Er ist gekommen![12]

И вдруг обе суетливо забегали, чего никогда до сих пор не делали.

При открытых окнах у меня вверху и у них внизу, на несчастие, все было слышно из одного помещения в другое. Ночами при общей тишине даже бывало слышно, как пеленашка иногда плачет и как мать его берет и баюкает.

И теперь мне показалось, будто тоже что-то происходило около этого пеленашки. Мне казалось так потому, что вслед за возгласами "Er ist gekommen!" старшая немка с буклями вылетела в сад с пеленашкою на руках и, прижимая к себе дитя, тревожно, острым взглядом смотрела в окна своего покинутого жилища, где теперь растрепанный моряк остался вдвоем с ее дочерью.

Я сообразил, что, вероятно, пеленашка составляет

---

[10] гулянье (франц.)

[11] Он пришел... ах! - нем.

[12] Ах! Он пришел! - нем.

неожиданный сюрприз для гостя, находящегося в каких-нибудь особенных отношениях к матери и дочери, живущим со мною в соседстве. И вскоре мои подозрения еще увеличились.

Через минуту я увидел, как мать вывела в садик старших мальчиков и, оставив их бабушке, сказала каждому по наставлению, из которого я уловил только:

— Still, Papa,[13]— и сама убежала.

Бабушка охватила внучков руками, как наседка покрывает цыплят крыльями, и тоже внушала:

— Still, Friede, Papa: er ist gekommen! Still, Wolia, Papa![14]

Дети слушались бабушку и робко к ней жались. Каждый из них одною ручонкою обхватывал ее руку, а в другой держал по новой игрушке.

"Что же это может значить? — думалось мне. — Неужто и оба старшие мальчики тоже составляют секрет для гостя, точно так же, как и маленький пеленашка?"

Насчет пеленашки у меня уже утвердилось такое понятие, что "рыцарь ездил в Палестину", а в это время старая баронесса плохо смотрела за своей дочкой, и явился пеленашка, которого теперь прячут при возвращении супруга, чтобы его не сразу поразило ужасное открытие.

Какая у них, должно быть, теперь происходит тяжелая сцена! Бедный мореходец; бедная белокурая дама; бедная баронесса; бедный и ты, маленький пеленашка!

Чтобы быть дальше от горя, которому ничем нельзя пособить, я взял в руки трость, надел шляпу и ушел к морю.

Но все, что я сообразил насчет причины беспокойства в нижнем семействе, было не совсем так, как я думал. Дело было гораздо сложнее и носило отчасти политический или национальный характер.

ГЛАВА ЧЕТВЕРТАЯ

Когда я возвращался домой при сгустившихся сумерках, меня еще за воротами дома встретила моя служанка и в большом волнении рассказала, что приехавший муж молодой немки — "страшный варвар и ужасно бунтует".

— Когда вы ушли, — говорит, — он начал грозно ходить по

---

[13] Тише, папа - нем.,

[14] Тише, Фриде, папа: он пришел! Тише, Воля, папа! - нем.

всем комнатам и кричать разные русские слова, которых повторить невозможно.

— Как, — говорю, — русские?

— Да так, разные слова, самые обидные, и все по-русски, а потом стал швырять вещи и стулья и начал кричать: "вон, вон из дома — вы мне не по ндраву!" и, наконец, прибил и жену и баронессу и, выгнав их вон из квартиры, выкинул им в окна подушки, и одеяла, и детскую колыбель, а сам с старшими мальчиками заперся и плачет над ними.

— О чем же плачет?

— Не знаю, верно пьян напился.

— Почему же вы так обстоятельно все это знаете?

— Шум был, княгиней его пугали, а он и на нее не обращает внимания, а от нас все слышно: и русские слова, и как он их пихнул за дверь, и подушки выкинул... Я говорила хозяйке, чтобы она послала за полицией, но они, и мать и дочь, говорят: "не надо", говорят: "у него это пройдет", а мне, разумеется, — не мое дело.

— Конечно, не ваше дело.

— Да я только перепугалась, что убьет он их, и за наших детей боялась, чтобы они русских слов не слыхали. А вас дома нет; я давно смотрела вас, чтобы вы скорее шли, потому что обе дамы с пеленашкой сидят в моей комнате.

— Зачем же они у вас?

— Вы, пожалуйста, не сердитесь: вы видите, на дворе туман, как же можно оставаться на ночь в саду с грудным ребенком! Вы извините, я не могла.

— Нечего, — говорю, — и извиняться: вы прекрасно сделали, что их приютили.

— Они уже дитя уложили, а сами уселись перед лампочкой и достали вязанье.

"Что за странность! — думаю себе, — этих бедных дам только что вытолкали вон из их собственного жилища, а они, как будто ничего с ними и не случалось, присели в чужой квартире и сейчас за вязанье".

Я не выдержал и высказал это мое удивление девушке, а та отвечает:

— Да, уж и не говорите: удивительные! Этакие слова выслушать, и будто как ничего... Наша бы русская крышу с дома скопала.

— Ну, слова — говорю, — еще ничего: они наших русских слов не знают.

— Понимают все.

— Вы почему знаете?

— А как же я с ними говорила! Ведь по-русски.

Я еще подивился. Такие были твердые немецкие дамы, что ни на одно русское слово не отзывались, а тут вдруг низошел на них дар нашего языка, и они заговорили.

"Так, — думаю себе, — мы преодолеем и все другие их вредные дикости и упорства и доведем их до той полноты, что они у нас уверуют и в чох, и в сон, и в птичий грай, а теперь пока надо хорошенько приютить изгнанниц".

ГЛАВА ПЯТАЯ

Это и было исполнено. Баронесса и ее дочь с грудным младенцем ночевали на диванах в моей гостиной, а я тихонько прошел к себе в спальню через кухню. В начале ночи пеленашка немножко попищал за тонкой стеною, но мать и бабушка следили за его поведением и тотчас же его успокоивали. Гораздо больше беспокойства причинял мне его отец, который все ходил и метался внизу по своей квартире и хлопал окнами, то открывая их, то опять закрывая.

Утром, когда я встал, немок в моей квартире уже не было: они ушли; но зато их обидчик ожидал меня в саду, да еще вместе с отцом Федором.

Отец Федор всем в Ревеле был известен как самый добродетельный человек и как трус: он и сам себя всегда рекомендовал человеком робким.

— Я робок, — говорил он. — Я боюсь, всего боюсь и всех боюсь. Детей крестить — и тех боюсь: держать их страшно; и покойников боюсь: на них глядеть страшно.

Отец Федор сам рассказывал, что он "первый был прислан сюда бороться с немцами" и "очень бы рад был их всех побороть, но не мог, потому что он всех их боится".

Робость этого первого виденного мною "борца" была замечательная, и ее нельзя и не нужно чем-нибудь приукрашивать; да это и неудобно, потому что на свете еще живы коллеги отца Федора и множество частных людей, которые хорошо его знали.

Он боялся всего на свете: неодушевленной природы, всех людей и всех животных и даже насекомых. И сам он, как выше замечено, над этою своею слабостью смеялся и шутил, но побороть ее в себе не мог.

Он не мог войти без провожатого в темную комнату, хотя бы она была ему как нельзя более известна; убегал из-за стола, если падала соль; замирал, если в комнате появлялись три свечки; обходил далеко кругом каждую корову, потому что она "может боднуть", обходил лошадь, потому что она "может брыкнуть"; обходил даже и овцу и свинью и рассказывал, что все-таки с ним был раз такой случай, что свинья остановилась перед ним и завизжала. По счастью, он убежал, но после все-таки у него долго сердце билось. Собак, кошек, крыс и мышей он боялся еще более. Он был уверен, что один раз даже мышь укусила его сонного за пятку. О собаках уже и говорить нечего, а кошки представляли в его глазах двойную опасность: во-первых, они царапаются, а потом они могут переесть сонному горло.

И этот-то великий трус расхаживал по саду и разговаривал самым приятельским образом с драчуном, причем один только драчун обнаруживал некоторое внутреннее волнение и обрывал губами листочки с ветки сирени, которую держал в руке, а отец Федор даже похохатывал и, приседая на ходу, хлопал себя длинными руками по коленам.

При одном из оборотов он увидал меня у окна и, совсем развеселившись, закричал:

— Пожалуйте сюда к нам поскорее! Пожалуйте! Мы вас ждем.

Драчун был человек в цветущей поре: он по виду мог иметь немного за тридцать. Он был с открытым, довольно приятным и даже, можно сказать, привлекательным русским лицом, выражавшим присутствие здравого смысла, добродушной доверчивости и большой терпеливости. По общему выражению больших и в своем роде прекрасных темно-карих глаз и всей его физиономии и движениям головы он напоминал бычка — молодого, смирного и добронравного заводского бычка. Он все потихоньку отматывал головою в одну сторону и, очевидно, мог так мотать долго, но потом мог и боднуть, не разбирая, во что попадет и во что ему самому это обойдется. Теперь в больших карих глазах у бычка как раз светилось отражение большой, свежеперенесенной и тяжкой обиды, после которой он только боднул и еще не совсем успокоился. Довольно полное лицо его то бледнело, то покрывалось краскою гнева, внезапно набегавшею и разливавшеюся под загорелою и огрубевшею от морского ветра кожею.

Все это отчетливо и ясно бросилось мне в глаза, когда я вошел в сад, где меня отец Федор тотчас же схватил за руки и, весело смеясь, закричал:

— Здравствуйте! здравствуйте!.. Пожалуйте скорее сюда, сюда... Вот вам рекомендую — Иван Никитич Сипачев.[15] Отличный, образованный человек, говорит на трех языках, и мой духовный сын, и музыкант, и певец, и все что хотите... Ха-ха-ха!.. Любите меня — полюбите и его... Ха-ха-ха!.. Вы думаете, что Иван Никитич буян и разбойник?.. Ха-ха-ха! Он смирный, как самый смирный теленок.

Мне Иван Никитич казался бычком, а отец Федор его почитал теленочком: разница выходила небольшая, и если он даже отцу Федору кажется не страшным, то уже, верно, он в самом деле не страшен.

А отец Федор продолжает свою рекомендацию и говорит:

— Ивану Никитичу с вами надо объясниться... Это не он придумал, а я, я. Вы меня за это простите. Он растерялся и придумывал бог знает что... Хотел на себя руки наложить, а я его удержал. Я говорю: "Этот человек мне знаком, пойдите к нему и объяснитесь..." Он — "Ни за что! — говорит. — Я так себя вел". А я говорю: "Что же теперь делать! Надо все объяснить... Объяснить с русской точки зрения, а не стреляться и не сваливать себя в гроб собственною рукою". Иван Никитич прибегает сегодня чем свет, будит меня и что говорит... Вы только подумайте, вы подумайте, вы вспомните, что вы мне говорили! — обратился он к офицеру. — Ай-ай-ай! Ай, нехорошо!.. Ай, нехорошо!.. А я утешать словами никого не умею... Что, братцы, делать — не умею. Отец Михаил или отец Константин — те умеют, а я не умею. Я только сказал: "Отложи попечение! Все это еще, может быть, обомнется". Так это или нет?

Офицер тихо качнул головой и сказал:

— Так!

— Да, я так его от себя и не пустил, и вот так его сюда и привел, — и пусть он сам все расскажет.

— Зачем же это? — говорю.

— Нет, отчего же? Ему легче будет, чтобы о нем не думали дурно. Он сам желает...

В это время и сам моряк отозвался.

— Да, — говорит, — извините: я себя поставил в такое недостойное положение, что мне нельзя оставить без

---

[15] Имя, отчество и фамилия этого с натуры воспроизводимого мною лица в действительности были иные. Имена лиц, которые будут выведены далее, я все заменяю вымышленными названиями в соответственном роде (Прим. автора).

объяснения то, что я наделал. Мне это необходимо... Потребность души... потребность души...

— Вы теперь очень взволнованы, а после можете пожалеть.

— Вот видите! — поддержал отец Федор. — Пусть он все говорит, — ему будет легче.

— Да, мне будет легче, — подсказал офицер и бросил на скамейку свою фуражку. — Я не хочу, чтобы обо мне думали, что я негодяй и буян, и оскорбляю женщин. Довольно того, что это было и что причины этого я столько лет таил, снося в моем сердце; но тут я больше не выдержал, я не мог выдержать — прорвало. Подло, но надо знать, за что. Вы должны выслушать мою повесть.

Отец Федор сблизил мою руку с рукой офицера и подсказал:

— Да, голубчики, — это повесть.

Что же мне оставалось делать? Я, разумеется, согласился слушать оправдание о том, за что были выгнаны воспитанные и милые дамы, из которых одна была жена рассказчика, а другая — ее мать, самая внушающая почтение старушка.

ГЛАВА ШЕСТАЯ

Бычок махнул головою в сторону и начал:

— Вы и всякий имеет полнейшее право презирать меня после того, что я наделал, и если бы я был на вашем месте, а в моей сегодняшней роли подвизался другой, то я, может быть, даже не стал бы с ним говорить. Что тут уж и рассказывать! Человек поступил совсем как мерзавец, но поверьте... (у него задрожало все лицо и грудь) поверьте, я совсем не мерзавец, и я не был пьян. Да, я моряк, но я вина не люблю и никогда не пью вина.

— Не пьет, никогда не пьет, — поддержал отец Федор. Священник ручается. Надо верить. А он, оказывается, так наблюдателен, что как будто читает на лице все отражения мыслей.

— Мне это стыдно, — говорит он, — стыдно взрослому человеку уверять, что я совсем не пью вина. Ведь я совершеннолетний мужчина и моряк, а не институтка. Отчего бы я и не смел пить вино? Но я его действительно не пью, потому что оно мне не нравится, мне все вина противны. И это, может быть, тем хуже, что я был совершенно трезв, когда обидел и выгнал мою жену и тещу... Да, я был трезв точно так же, как теперь, когда я не знаю, как мне вас благодарить за то, что вы дали им у себя приют, иначе они должны бы были ночевать с детьми в парке или в гостинице, и теперь об этом моем тиранстве знал бы уже целый город. Здесь ведь кишит сплетня. Подняли бы такой вой... "Русский офицер как обращается с своею женою! Мужик, невежа. Женился на баронессе". И все это правда: я русский офицер, и действительно, если вам угодно, по образованию я мужик в сравнении с моею женою, особенно с ее матерью; но ведь они обе знали, что я русский человек, воспитывался в морском училище на казенный счет, но по-французски и по-немецки я, однако, говорю и благодаря родительским заботам кое-что знаю, но над общим уровнем я, конечно, не возвышаюсь и имею свои привязанности. Я каким себя предъявлял им, таков я и есть, так и живу. Я ни в чем их не обманул, ни жену, ни всеми уважаемую мою тещу, между тем как они сделали из моей семьи мой позор и терзание.

Всякий, услышав то, что я говорю, вероятно, подумал бы, что, конечно, моя жена мне не верна, что она изменяет своим супружеским обетам; но это неправда. Моя жена прелестная, добрая женщина и относится ко всем своим семейным обязанностям чрезвычайно добросовестно и строго. В этом отношении я счастливей великого множества женатых смертных; но у меня есть горе хуже этого, больнее.

— Да, гораздо хуже, — вздохнул отец Федор. — Больнее.

Я недоумевал: что же может быть "хуже этого и больнее"?

А мореход продолжал:

— Измена тяжела, но ее можно простить. Трудно, но можно. Женщины же нам прощают наши измены, отчего же и мы им простить не можем? Я знаю, что на этот счет говорят, но ведь это предрассудок. "Чужое дитя!" Ну и что же такое? Ну и покорми чужое дитя. Ведь это не грех, а мы ведь считаем, что мы умнее и справедливее женщин и во всех отношениях их совершеннее. Покорми! И если женщина увлеклась и потом сожалеет о своем увлечении, прости ее и не обличай. Она может перемениться и исправиться. Тоже и они ведь недаром живут на свете и приобретают опыт. Я таких убеждений, и я чувствую, что я все это мог бы исполнить, но этого в моей жизни нет. Этим я не наказан; но то, что я переношу и что уже два раза перенес, да, вероятно, и третий перенесу — этому нет сравнения, потому что это уязвляет меня в самый корень. Это поражает меня до недр моего духа; это убивало моего отца и мать, отторгало меня от самых священных уз с моею родней, с моим народом. Это, наконец, делает меня смешным и жалким шутом, которому тычут в нос шиши. Однако я и это сносил, но когда это повторяется без конца — этого снесть невозможно.

— Извините, — говорю, — я не понимаю, в чем дело.

— Я поясню. У меня был отец старик, и уважаемый старик. Он жил в своем именьице в Калужской губернии, и матушка тоже достойная всякого уважения: они жили мирно, покойно, и их уважали. Я у них один-единственный сын. Есть сестра, но она далеко, замужем за доктором-немцем, на Амуре. У нее уже другая фамилия, а мужского поколения только один и есть — это я. Дядюшка в Москве, отцов брат, старый холостяк, весь век все славянской археологией занимался и забыл жениться. И отец мой и мать, разумеется, были насквозь русские люди, а о московском дяде уж и говорить нечего. Он с Киреевскими, с Аксаковыми — со всеми знаком. Словом, все самые настоящие родовитые и истинно русские люди, а из меня вышла какая-то "игра природы". Моя жизнь — это какой-то глупый роман. Но это говорить надо по пунктам.

— И прекрасно! — воскликнул отец Федор, — теперь я вижу, что вы разговоритесь и дело будет хорошо, а я уйду — мне есть дело.

Мы его не удерживали и остались вдвоем в беседке из купы сирени.

Рассказчик продолжал свою страстную и странную повесть.

— Это мой третий брак — на Лине N. Первый раз я был женат в Москве, по общему семейному избранию, на "девице из благословенного дома". Это должно было принести мне большое счастие. Мне тогда было двадцать четыре года, а ей двадцать шесть лет. Она была красива и порочна, как будто она была настоящая теремница, искусившаяся во всех видах скрытности. Один год жизни с нею — это была целая эпопея, которой я рассказывать не стану. Кончилось тем, что она попала, во что не метила, и я ее увидел однажды в литерной ложе, в которую она поехала с родственною нам княгиней Марьей Алексеевной. Я хотел войти, а княгиня говорит: "Это нельзя — твоя жена там не одна". — "Это что?!" — "Это, — говорит, — этикет". Я плюнул и сейчас же ушел из дома, и хотел застрелиться или кого-то застрелить. Такое было возбуждение!

Я вам говорил, как я терпимо отношусь к ошибкам женщины; но это там, где есть увлечение, а не там, где этикет. Я не из таких. Я ударился в противный лагерь, где не было этикета. Именно — противный! В душе моей клокотала ненависть, и я попал к ненавистникам. По-моему, они были не то, за что слыли. Впрочем, я дел с ними не наделал, а два года из своей жизни за них вычеркнул. Жена из "благословенного семейства" в это время жила за границею и проигралась в рулетку. Вслед за тем дифтерит и ее печальный конец, а мое освобождение. Я никак не могу уйти от внутреннего чувства, которое говорит мне, что эти два события находились в какой-то причинной связи. Я мчался куда-то — черт меня знает куда, и с разбега попал в "общежитие", где одна барышня, представлявшая из себя помесь нигилистки и жандарма, отхватала меня в два приема так, что я опять ни к черту. Сначала она прозвала меня для чего-то псевдонимом "Левель-вдовец", а потом "во имя принципа" потребовала, чтобы я вступил с нею в фиктивный брак для того, чтобы она могла жить свободно, с кем захочет. Я имел честь всю эту глупость проделать, а она исполняла то, что жила, как хотела, но требовала с меня половину моего жалованья, которого мне самому на себя недоставало. Я вооружился против такой неожиданности. Она явилась к начальству, — меня призвали, пристыдили и обязали давать. Я чувствовал унижение сверх меры и, дождавшись вечера, взял пистолет и пошел опять к частоколу у Таврического сада. Мне почему-то казалось, что я непременно там должен застрелиться, чтобы упасть в канаву. Я и упал в канаву, но только с такой раной, от которой скоро поправился. Мой строгий начальник был тронут моим положением и послал меня в отпуск к родным. "Здесь, в Петербурге, скверный воздух, — сказал он. — Поезжайте домой. Подумайте там общим семейным судом, как вам облегчить свою участь". Я приехал к отцу и к матери, но что же я им мог рассказать? Разве они, добрые помещики и славяне, могли понять, что такое я наделал? Дяде при конце отпуска я, однако, все открыл. Он говорит:

"Очень скверно; но постой, мне одна мысль приходит. Тебе от этой курносой надо куда-нибудь уйти".

Он поднялся из-за своего письменного стола, походил взад и вперед по комнате в своем синем шелковом халате, подпоясанном красным мужичьим кушаком, и стал соображать:

"Есть какая-то морская служба в Ревеле. Там теперь живет баронесса Генриета Васильевна. У себя в Москве мы ее звали Венигретой. Она замечательно умная, очень образованная и очень добрая женщина, с прямым и честным характером. Я ее знал, когда она еще была воспитательницею и без всяких интриг пользовалась большим весом, но не злоупотребляла этим, а напротив — делала много добра. Она должна быть и там, в своей стороне, с большими связями. Немцы ведь всегда со связями, а Венигрета Васильевна в свое время много своих немцев вывела. У нее непременно должны быть и в вашем ведомстве люди, ей обязанные. Я ей напишу, и знаю как напишу — совершенно откровенно и правду.

Я говорю:

— Всего-то лучше не пишите, — совестно.

— Нет, отчего же?

— Да что уж такую глупость без нужды рассказывать!

— А-а, нет, ты этого не говори. "Быль молодцу не укор", а немки ведь, братец, сентиментальны и на всех ступенях развития сохраняют чувствительность. Они любят о чем-нибудь повздыхать и взахаться! Ah, Gott! Ah, Herr Jesu! Ah, Himmel![16] Вот до этого-то и надо возогреть Венигрету! Тогда дело и пойдет, а без этого им неповадно.

Написал дядя в Ревель баронессе Венигрете, и враз дней через десять оттуда письмо, и самое задушевное и удачное, и как раз начинается со слов: "Ah, mein Gott!.."[17] Пишет: "Как я была потрясена и взволнована, читая письмо ваше, уважаемый друг. Бедный вы, бедный молодой человек, и еще сто раз более достойны сожаления его несчастные родители! Как я о них сожалею. Schreckliche Geschichte![18] Я думала, что такие истории только сочиняют. Бедный ваш племянник! Я прочитала ваше письмо сама, а потом местами прочитала его моей дочери Лине и племяннице Авроре, которую мать прислала ко мне из Курляндии для того, чтобы я прошла с нею высший курс английского языка и вообще закончила образование, полученное ею в пансионе. Понятно, что я передала девочкам только то, что может быть доступно их юным понятиям об ужасных характерах тех русских женщин, которые утратили жар в сердце и любовь к Всевышнему. Бедные дети были глубоко тронуты страданиями вашего молодого Вертера и отнеслись ко всему этому каждая сообразно своим наклонностям и характерам. Дочь моя Лина, которой теперь семнадцать лет, тихо плакала и сказала: "Ah, mein Gott! Я бы не пожалела себя, чтобы спасти жизнь и счастие этому несчастному молодому человеку"; а маленькая Аврора, которой еще нет и шестнадцати лет, но которая хороша, как ангел на Каульбаховской фреске, вся исполнилась гневом и, насупив

---

[16] Ах, боже! Ах, Господи Иисусе! Ах, небо! - нем.

[17] Ах, боже мой! - нем.

[18] Страшная история! - нем.

свои прямые брови, заметила: "А я бы гораздо больше хотела наказать таких женщин своим примером". У вашего претерпевшего юноши здесь теперь есть друзья — не одна я, старуха, а еще два молодые существа, которые его очень жалеют, — и когда он будет с нами, они своим чистым участием помогут ему если не забыть, то с достоинством терпеть муки от ран, нанесенных грубыми и бесчеловечными руками его сердцу".

Это так именно было написано. Я привожу вам это письмо хотя и на память, но совершенно дословно, как будто я его сейчас читаю. Оно было получено мною в такой момент моей жизни, когда я был в пух и прах разбит и растрепан, и эти теплые, умные и полные участия строки баронессы Венигреты были для меня как послание с неба. Я уже не добивался того, есть ли какая-нибудь возможность устранить меня от Петербурга и убрать в спокойный Ревель; но меня теперь оживило и согрело одно сознание, что есть где-то такая милая и добрая образованная пожилая женщина и при ней такие прекрасные девушки. С направленскими дамами, с которыми я обращался, в моей душе угасло чувство ютливости, — меня уже даже не тянуло к женщине, а теперь вдруг во мне опять разлилось чувство благодарности и чувство приязни, которые манили меня к какой-то сладостной покорности всем этим существам, молодым особенно. А между тем в письме баронессы было полное удовлетворение и на главный, на самый существенный вопрос для моего спасения от скандализовавших меня в Петербурге нападок. Она извещала, что просила за меня своего брата, барона Андрея Васильевича Z., начальствующего над известною частью морского ведомства в Ревеле, и что я непременно получу здесь место. А вслед за тем последовал надлежащий служебный запрос и состоялся мой перевод.

ГЛАВА СЕДЬМАЯ

Я, разумеется, был так рад, что себя не помнил от радости и сейчас же навалял баронессе Венигрете самое нелепое благодарственное письмо, полное разной чувствительной чепухи, которой вскоре же после отправления письма мне самому стало стыдно. Но в Ревеле это письмо понравилось.

Баронесса ответила мне в нежном, почти материнском тоне, и в ее конверте оказалась иллюминованная карточка, на которой, среди гирлянды цветов, два белые голубка или, быть может, две голубки держали в розовых клювах голубую ленту с подписью: "Willkommen".[19] Детское это было что-то такое, точно или меня привечали, как дитя, или это было от детей: "Милому Ване от Лины и Авроры". Надписано это не было, но так мне чувствовалось. Я был уверен, что этот листочек всунули в конвертик или ручки мечтательной Лины, или маленькая лапка энергической и гневной Авроры, которая хочет всем пример задать. И я унес этот листок в свою комнату, поцеловал его и положил в бумажник, который всегда носил у своего сердца. Во мне не только шевелилась, но уже жила самая поэтическая и дружественная расположенность к обеим девушкам. Я ожил и даже начал мечтать, хотя очень хорошо знал, что мне мечтать не о чем, что для меня все кончено, потому что я погубил свою жизнь и мне остается только заботиться о том, чтобы избегать дрянных скандалов и как-нибудь легче влачить свое существование.

Словом, я сюда рвался и летел и, не зная лично ни баронессу, ни девиц, уже любил их от всего сердца и был в уверенности, что могу броситься в их объятия, обнимать их колени и целовать их руки. А пока я только обнимал и целовал дядю, который устроил мне это совершенное благополучие.

Но родители мои, к которым я вернулся, чтобы проститься, отнеслись к этому холоднее и с предосторожностями, которые мне казались даже обидными. Они меня все предостерегали. Отец говорил:

— Это хорошо, — я ни слова не возражаю. Между немцами есть даже очень честные и хорошие люди, но все-таки они немцы.

— Да уж это, — говорю, — конечно, как водится.

— Нет, но мы обезьяны, — мы очень любим подражать. Вот и скверность.

— Но если хорошему?

— Хоть и хорошему. Вспомни "Любушин суд". Нехорошо, коли искать правду в немцах. У нас правда по закону святу, которую принесли наши деды через три реки.

— Пышно, — говорю, — это как-то чрез меру.

— Да, это пышно, а у них, у немцев, хороша экономия и опрятность. В старину тоже было довольно и справедливости: в

<hr>

[19] Добро пожаловать - нем.

Берлине раз суд в пользу простого мельника против короля решил. Очень справедливо, но все-таки они немцы и нашего брата русака любят переделывать. Вот ты и смотри, чтобы никак над собою этого не допустить.

— Да с какой же, — говорю, — стати!

— Нет, это бывает. У них система или, пожалуй, даже две системы и чертовская выдумка. Ты это помни и веру отцов уважай. Живи, хлеб-соль води и даже, пожалуй, дружи, во всяком случае будь благодарен, потому что "ласковое телятко две матки сосет" и неблагодарный человек — это не человек, а какая-то скверность, но похаживай почаще к священнику и эту суть-то свою, — нашу-то настоящую русскую суть не позволяй из себя немцам выкуривать.

— Да уж за это, — говорю, — будьте покойны, — и привел ему шутя слова Тургенева, что "нашей русской сути из нас ничем не выкуришь".

А отец поморщился.

— Твой Тургенев-то, — говорит, — сам, братец, западник. Он уж и сознался, что с тех пор, как окунулся в немецкое море, так своей сути и лишился.

— Да и Некрасов тоже, — хотел было я продолжать, но при этом имени отец меня перебил и погрозился.

— Этого, — говорит, — уж и совсем не трожь, — этот чего еще ненадежнее. Сам и зуд зудит, сам и расчес расчесывает, и взман манит, и казнить велит; сам просит: "Виновных не щади!" Нет, нам надо чистые руки... Вот как Самарины, Хомяковы, братья Аксаковы — вот с кого нам надо пример брать. Самарин-то — ведь он был в этом, в их Колыванском краю, но они, небось, его не завертели. Думали завертеть, да он им шиш показал. И ты будь таков же. Дружба дружбой и служба службой, а за пазухой шиш. Помни это и чаще к духовенству похаживай и мне пиши. Я тебе буду отвечать и укреплять тебя в направлении, а по воскресеньям непременно к священнику похаживай. Какой ни есть поп — он не тут, так там, не в церкви, так за пирогом, а все патриотическое слово скажет. А проездом через Москву появись Аксакову. Скажи, что я тебе говорил, и послушай, что он еще тебе скажет. Он мужик вещий!

Матушка наказала только в Москве у Иверской покропиться.

— А за прочее, — сказала она, — я за тебя уж не боюсь — ты уже так себя погубил, что теперь тебя от женщин предостерегать нечего: самая хитрая немка тебя больше спутать не может; но об опрятности их говорят много лишнего: я их тоже знаю, — у нас акушерка была Катерина Христофоровна; бывало, в котором тазу осенью варенье варит, в том же сама целый год воротнички подсинивает. Дядя повел меня в Москве к Аксакову.

— Нельзя, — говорит, — без этого. А когда станешь с ним разговаривать, то помни, какого ты роду и племени, и пускай что-нибудь от глаголов. Сипачевы, братец, издавна были стояльцы, а теперь и ты уже созрел — и давай понимать, что отправляешься для борьбы.

Я, признаться, совсем этого не думал, но промолчал и был представлен Аксакову, который, узнав о моей "миссии", долго смотрел мне в глаза и сказал:

— Шествуйте и сразу утверждайтесь твердой пятой. Мы должны быть хозяевами на Колыванском побережье. Ревель — ведь это наша старая Колывань!

И дядя тоже вспомнил про "Колывань". Когда мы "шествовали" от Аксакова домой, дядя меня поучал:

— Если встретишь добрый привет в колыванском семействе (так именовал он семью Венигреты), будь им благодарен, но не увлекайся до безрассудства, дабы не ощутить в себе измены русским обычаям. Лучше старайся сам получить влияние на них.

Я чувствовал, как будто все это что-то фальшивое. Какая Колывань? Какая моя там "миссия"? На кого я мог влиять и кому стану показывать "шиш", когда я сам какая-то чертова кукла и нуждаюсь в спасении бегством!

Было в этом во всем даже нечто детски-эгоистическое: никакого внимания к душевному состоянию человека, а только свой вкус и баста! Можно было думать, что и этим, как и другим, до личного счастья человека нет никакого дела!

Все, к чему я сам стремился, заключалось именно только в том, чтобы свободно вздохнуть и оправиться. На это были настроены все мои помыслы, в этом, на мой взгляд, состояла вся моя "миссия" на Колыванском море. Но тем более я спешил на эту Колывань, к своим колыванским "друзьям", и действительно встретил друзей прелестных.

ГЛАВА ВОСЬМАЯ

Баронесса Венигрета Васильевна жила в своем домике в новой части города. Она была небогата. Муж, которого она, по всем вероятностям, очень любила, умер очень рано и ничего ей не оставил, кроме честного имени и дочки Лины. Баронесса была красавица и отлично образована, что, впрочем, не редкость между женщинами из остзейской аристократии — даже и в захудалых родах. Благодаря этому образованию, а также, конечно, хорошим связям, Венигрета Васильевна попала в воспитательницы. Она окончила свое дело с честию и пять лет перед этим отпущена с пенсиею, которой ей было довольно на то, чтобы жить с дочерью в своем городке безбедно. Она имела полную возможность остаться и в Петербурге, но свет ей прискучил, и она предпочла возвратиться под свой отчий кров, где у них еще была жива бабушка. Смешного в баронессе не было ровно ничего: напротив, она всегда была препочтенная и всем внушала к себе уважение. Прозвать ее "Венигретой" могло только наше русское пустосмешество.

Домик, где жила семья баронессы, был небольшой, но прехорошенький, с флигельком в три комнаты, где жила бабушка, которую и я застал еще в живых, и при доме прелестнейший садик. Словом, настоящее жилище честной немецкой образованной семьи.

Когда я сюда первый раз пришел, мне показалось, что я вступил в рай и встретил ангелов. О баронессе нечего и говорить: вы и теперь еще видите, какая это женщина, — она всем внушает почтение. И она его стоит, и больше того стоит. Лина... вы тоже видите... Ангел. Кузина Аврора — эта вся блеск и аромат; даже старая бабушка, которой тогда было восемьдесят лет, и та была очарование: беленькая, чистенькая и воплощенная доброта. Приняли они меня — я хотел бы сказать: как родные, но я никогда не видал, чтобы у нас самые лучшие родные умели так принять человека, так тихо и просто, а в то же время ласково и деликатно.

Я тут и привился. Меня пригласили приходить всякий день, и я это буквально исполнял. Прекрасный, тихий и всегда приятный образ жизни "колыванского семейства" охватил меня со всею душою. Мы сошлись во всех вкусах. Я любил домашнюю жизнь — и они тоже. Я любил литературу — они, кажется, еще более. Не было образованного языка, который им был бы недоступен Я немножко музыкант, а они все артистки. Лина с матерью играли в четыре руки на фортепиано, я на флейте, а Аврора на скрипке. Да, эта миниатюрная фея играла на скрипке твердо и сильно, как бравый скрипач в оркестре. Кроме того, обе девушки занимались живописью на материи и на фарфоре, и произведения их в обоих этих родах были так замечательны, что их покупали за границу. Было кем и чем залюбоваться и не скучать домоседством, а даже забывать свое горе Мой здешний начальник, брат баронессы, барон Андрей Васильич, тоже был их ежедневный гость и очень одобрял установившуюся у нас дружбу. Он был гернгутер и чудак, но человек глубокой честности и благородства. Терпеть не мог кутежей и разгула, и очень утешался моим поведением.

— Что может быть этого лучше, — говорил он, — как встретить утро молитвою к Богу, днем послужить царю, а вечер провести в образованном и честном семейном доме. Вас, мой юный друг, сюда привел Божий перст, а я всегда рад это видеть и позаботиться о таком благонравном молодом человеке.

Я уж не знаю, было ли ему известно все, что я натворил до этого времени, но он был ко мне неимоверно милостив и действительно позаботился обо мне, как никто из русских, а баронесса и вообще все женское поколение знали все мои бедствия. И это их престранно занимало, особенно баронессу, которая имела общие понятия о тогдашних наших русских "сеяниях и веяниях", но интересовалась подробностями. Она, впрочем, и вообще любила говорить о нравах, причем обнаруживала удивительную и привлекательную терпимость, свойственную только большому уму, доброму сердцу и большой опытности. Так, например, поговорив раз со мною наедине о тех и других "дикостях", она умолкла, потом сложила в корзинку свою работу и, поднявшись с места, сказала с каким-то возвышенным чувством:

— Да. Спаси Боже нас от них, но спаси и их от нас. Они ужасны, а мы слишком мало делаем или ничего не делаем для того, чтобы они стали иными.

Я вскочил и поцеловал ее руку, а она поцеловала меня в голову и добавила:

— Да будет прощен и пощажен и от века наказанный. Я понял ее религиозное настроение и ответил:

— Аминь.

К беседам такого рода мы возвращались, бывало, не раз. Часто, как усядемся у лампы, они с работою, а я начну читать для них французскую или немецкую книжку, так разговор незаметно опять и свернем на эти "ужасные сердца и противные вкусы". И смотришь — опять я уже, как оный венецианский мавр, рассказываю что-то, а они слушают, бабушка тихонько посвистывает носом и спит, баронесса слушает и изредка покачивает головою, а девушки опустят руки с работой и смотрят в глаза мне: Лина с снисходительным состраданием, а Аврора с затаенным гневом.

Так мы достигли одного вечера ранней весною, когда "наша бабушка" один раз, по обыкновению, уснула в своем кресле и более не проснулась. Мы ее хоронили очень для меня памятным образом. Может ли что-нибудь нравиться в погребальном обряде? Одни только русские репортеры пишут про "красивые" гроба и "прекрасные" похороны; однако обычай, как хоронили бабушку, и мне понравился. Старушка лежала в белом гробе, и вокруг нее не было ни пустоты, ни суеты, ни бормотанья: днем было светло, а вечером на столе горели обыкновенные свечи, в обыкновенных подсвечниках, а вокруг были расставлены старинные желтые кресла, на которых сидели свои и посторонние и вели вполголоса тихую беседу о ней — припоминали ее жизнь, ее хорошие, честные поступки, о которых у всех оказались воспоминания. Она любила, была несчастлива — муж ее, французский выходец, был ревнивец, мот и игрок, он ее бросал и опять находил, когда ему не за кого было, кроме нее, взяться, и вдруг оказался женатым, раньше ее, на польке из Плоцка. Когда эта жена явилась с тем, чтобы донести на него, — его ударил паралич, бабушка сейчас же отдала претендентке свое именьице в Курляндии и осталась при разбитом и была его ангелом, а потом удивительно воспитала сына Андрея и дочерей — Генриету и Августу, которая была матерью кузины Авроры и жила за Митавой.

Этот рассказ так расположил слушателей к лежавшей во гробе бабушке, что многие попеременно вставали и подходили, чтобы посмотреть ей в лицо. И как это было уже вечером, когда все сидевшие здесь сторонние люди удалялись, то вскоре остались только мы вдвоем — я и Лина. Но и нам пора было выйти к баронессе, и я встал и подошел ко гробу старушки с одной стороны, а Лина — с другой. Оба мы долго смотрели в тихое лицо усопшей, потом оба разом взглянули друг на друга и оба враз произнесли:

— Какой благородный характер!

С этим я протянул свою руку, чтобы коснуться руки доброй старушки, и вздрогнул: рука моя возле самой руки мертвой бабушки прикоснулась и сжала руку Лины, а в это же самое мгновение тихий голос из глубины комнаты произнес:

— Тот же самый характер есть у живой Лины.

Мы оглянулись и увидали Аврору, которая сидела за трельяжем, где мы ее ранее не заметили.

Это не был повод сконфузиться, но и я, и Лина — оба сконфузились.

Лина отошла и тихо сказала:

— Друг мой, Аврора, к несчастью — это не так. А Аврора ей отвечала:

— Нет, друг мой, Лина, для меня — это так.

ГЛАВА ДЕВЯТАЯ

После этого происшествия у гроба я не спал целую ночь, и с этого случая меня не оставляло чувство необъяснимой и страшной тревоги. Бабушка была схоронена, а я, по приглашению баронессы и по совету барона Андрея Васильевича, перешел жить во флигель старушки. Барон говорил:

— Это перст Божий! (Он везде видел перст Божий.) Вы должны быть как сын и как брат у ваших достойных друзей.

— О, я очень рад, — отвечал я.

— Да, да; я верю, что вы их любите.

— Конечно, барон: они показали мне так много добра.

— Прекрасно, прекрасно! Вы благородный молодой человек, — сказал мне барон и, пожав мою руку, тихо заплакал от умиления.

Я поселился и стал жить еще ближе к ним, и совсем слился душою с этими женщинами. Меня приглашали приехать повидаться в Москву и в Калужскую губернию, — я не ехал и чувствовал, что это не надо. Станут расспрашивать, а я не хотел, чтобы меня расспрашивали и как-нибудь называли — или шутливо, или обидно-снисходительно. Я даже мучился, когда в получаемых письмах отца были напоминания: смотреть — не онемечиться с немками. "Держи ухо востро. Дружи, а камень за пазухой носи, — чтобы шиш взяли". Все это меня мучило и казалось мне напрасно, неделикатно и нечестно. Как я мог говорить или слушать о них что-нибудь, кроме похвал и восторгов? Я никогда и во всю мою жизнь не жил так мирно и хорошо, как теперь. Всегдашний мир, всегдашняя целомудренная простота, доведенная до пределов в нашем обществе невероятных. Моя квартира — это был рай, и я знал, я не мог не знать, что эти букеты цветов на столе переменяет не толстая эстонка-служанка, с которою я мог говорить только одно слово "еймуста", то есть "не понимаю". Мое белье — и то было осмотрено, и это меня сначала мучило. Я не мог спросить и не мог не догадываться, что за этим смотрят такие образованные женщины, которые в другой среде гнушались бы подобными занятиями — нашли бы их с своим положением несовместными, даже, пожалуй, шокирующими и унизительными. Английская литература, поэзия, классическая музыка, живопись на фарфоре — и мои полотенца! Но у них все это мирилось вместе.

Лето проходило. Аврора ездила к матери в Курляндию и возвратилась. Мы ее нетерпеливо ждали и разучили ко встрече ее новый вальс Шопена. Аврора приехала несколькими днями раньше, чем обещала, но нимало не поправилась, а даже как будто похудела и имела вид "грозный". Мы так над нею шутили, и она шутила и улыбалась, но потом через минуту ее очаровательное детское лицо опять становилось "грозно". Она стала как будто уединяться, и осенью, когда уже с деревьев сыпались листья, не позволяла снять качель и своего гамака, в котором она всегда любила лежать и качаться, как индианка. На участливые вопросы Лины, отчего она стала держать себя несколько странно, Аврора долго не отвечала, а потом один раз сказала:

— Не спрашивай меня: у меня есть предчувствия.

— Какие?

— Ах, вот ты как любопытна! Я боюсь, что дождь повредил шнурки моего гамака, и он оборвется.

И она с этим так сильно повернулась в гамаке, что выпала из него на землю и до слез больно подвихнула себе ногу.

Это произвело в доме тревогу, и мы целые сутки клали лед к больной ноге Авроры; а через несколько дней она стала ходить с палочкой, причем в ее фигуре и походке обнаружилось чрезвычайно большое сходство с покойной бабушкой. Оно было так велико, что сначала всех нас удивило и заставило улыбаться, а потом показалось и поразительным.

— Вот видишь, — говорила Авроре Лина, — не я, а ты будешь похожа на бабушку.

— Да, я похожа, но только наружно, а ты внутренно: у тебя прекрасное сердце, а у меня — злое. Ты вестник жизни и свободы, — я вестник смерти и неволи. Я деспот.

Лина и я рассмеялись, Аврора же продолжала быть

146

веселою и в самый этот день действительно сделалась "вестником смерти".

Я никогда не забуду этого важнейшего дня в моей жизни. Он был день свежий и ясный. Солнце ярко обливало своим сверканьем деревья, на полуобнаженных ветвях которых слабо качались пожелтевшие и озолотившиеся листья, в гроздах красной рябины тяжело шевелились ожиревшие дрозды. Баронессы и Лины не было дома, служанка работала на кухне, Аврора качалась с книгою в руках в своем гамаке, а я составлял служебный отчет в своей комнате. Ради прекрасного дня окна в сад у меня были открыты.

Сильно занятый вычислениями, я слышал среди работы, что как будто стукнул молоток у запертой входной двери, а потом как будто мимо окон промелькнула стройная фигурка Авроры. Я подумал, что, вероятно, некому отпереть двери, и Аврора сама пошла это сделать. Конечно, было бы вежливее, если бы я ее предупредил, но мне было некогда, я сводил сложное вычисление и сейчас же опять в него погрузился.

Однако мне в этот раз не суждено было кончить мою работу, потому что в окно ко мне влетело и прямо упало на стол письмо в траурном конверте, с очень резкими и, как мне показалось, чрезмерно широкими черными каймами по краям и крест-накрест.

Я вздрогнул и взглянул в окно, — от него тихо и молча отходила Аврора.

"Вестник смерти!" — промелькнули у меня в памяти ее слова.

Женщины, которая так предательски меня обманула и опошлила мою жизнь, не было больше на свете. Моя жена умерла так же гадко и скандалезно, как жила. О ее смерти меня извещала ее сестра, шедшая с нею некогда тем же беспорядочным путем, но более ловко воспользовавшаяся случаем, чтобы свернуть на торную дорогу приличий. Я с нею едва был знаком, но знал, что она притворщица и лицемерка. Как все неискренние люди, желающие казаться не тем, что они есть на самом деле, она пересаливала и была несносна в своем новом направлении точно так же, как была противна в прежнем. От этого, может быть, и траур на ее конверте был слишком жирен для обозначения горя. Известительное письмо носило те же следы неумеренности: она писала, что ее сестра "довела себя до крайних положений и сама прекратила свою жизнь бестрепетною рукою". Затем шло описание самого этого происшествия и потом выражение участия ко мне: "Вы

147

свободны, и да благословит вас Бог большим счастием, чем вы имели".

Я, как гоголевский городничий, мог тоже сказать: "Боже благослови, а я не виноват". Но, как бы там ни было, — я свободен, во второй раз свободен, и теперь я уже умею ценить свободу и ее не процыганю.

И первая мысль, которая явилась в моей голове вслед за сознанием моей свободы, была мысль о том, как я должен повести себя с этим известием перед "колыванским семейством".

Скрывать это от них я бы не хотел, но мне казалось неловко и сообщать об этом баронессе. Печаль в моем лице была неуместна, равнодушие — глупо, а радость — противна. Другое дело девицы: они молоды, и я с ними короче.

Аврора проходила с книгою со своего гамака. Я ее позвал. Она остановилась.

— Не поставьте себе в труд пробежать это письмо.

Она посмотрела на листок и не приняла его, а спросила:

— В чем дело?

Я неловко и застенчиво сообщил ей новость. Аврора выслушала ее так спокойно, как будто она это знала, и отошла, не сказав мне ни одного слова. Непосредственно затем она вошла в дом, и через минуту оттуда, из залы, послышались трудные упражнения на скрипке. За ними служанке не слыхать было, как снова ударил дверной молоток. Я пошел и открыл двери.

Это возвратились баронесса и Лина. У Лины развязалась и упала одна из ее покупок. Я ее поднял и стал завязывать. Баронесса тем временем вошла в дом, а мы остались вдвоем на дворе.

Стоя на одном колене и на другом обвязывая развязавшийся узел, я почти безотчетно достал из кармана полученное письмо и сказал: "Пожалуйста, прочтите", а сам опять опустил глаза к узлу и когда поднял их, то увидал, что за минуту перед этим свежее и спокойное лицо Лины было покрыто слезами.

Она поспешно сунула мне назад письмо, воскликнула: "Gott! O Gott!"[20] и скрылась в доме. Аврора теперь стояла у окна, и я видел ее белую маленькую руку и тонкие пальцы, красиво державшие смычок, выводивший фугу.

---

[20] Боже! О боже! — нем.

ГЛАВА ДЕСЯТАЯ

Я никогда не желал никому зла. Да; никому, и потому не желал и смерти моей мучительнице и не ожидал, что это случится. Еще более я считал бы за отвратительную гадость мечтать о свободе, пока эта женщина была жива; но "ведь воля дорога и птичке", а тем более молодому человеку, каким я был тогда, семь лет тому назад. Я чувствовал, что у меня опять есть перья в крыльях, есть шанс на долю счастья в жизни, но мне было странно, что вместе с этим оживляющим меня сознанием я чувствовал мертвящую немощь перед тем, что мне надо объявить свою новость баронессе.

Как? в каких выражениях я ей скажу это?

Я ее так уважал и так дорожил ее мнением, что не мог придумать, каким образом это выразить так, чтобы не вышло ни непристойной радости, ни неуместного и притворного сокрушения. Но я над этим напрасно ломал голову: мне вовсе и не пришлось говорить об этом баронессе; но у меня также и не оставалось места ни для подозрения, что она этого не знает, ни для недоумения, как она к этому относится.

За столом у нас был такой обычай, что, прежде чем сесть на свои места, все становились на минуту за своими стульями и брались руками за их спинки. Баронесса на короткое мгновение поникала головою. Все мы знали, что она в это мгновение произносила мысленно короткую молитву. Лина тоже следовала примеру матери. Я и Аврора не наклонялись. Это никого не раздражало и не обижало. Здесь понимали, что верить и не верить — это не во власти человека, и о вере не спорили, а прямую искренность умели уважать выше притворства. Потом Лина снимала крышку с суповой вазы, и мы садились, а баронесса начинала нам раздавать налитые ее рукою тарелки.

Нынче это произошло не так. После того как баронесса нагнула в молчании свою голову, она ее подняла и, не отодвигая, по обыкновению, своего стула, взглянула вверх и произнесла вслух:

— Прости всех и убели их грехи твоею кровию.

Лина сказала "Аминь", и они все — мать, дочь и Аврора — взглянули на меня и сели.

Обед прошел своим чередом. Я все понял. Порою мне думалось: зачем они, протестантки, молились за умершую? Потом мне подумалось, что это они молились и за меня и за других, "за всех". Мне припомнились первые дни и первые разговоры в этом дорогом мне колыванском семействе, и тогдашний вздох баронессы, и ее слова: "Спаси нас от них, но и их спаси от нас, потому что и мы слишком мало делаем или ничего не делаем".

Какая гармония чувств и ощущений! Какая во всем этом деликатность, и грация, и теплота, и ширь, и свобода! Кто мог бы устоять против тихого, но неодолимого обаяния этого круга, исполненного благодати! Конечно, не я. Если бы я в ту пору, несмотря на мою молодость, в двадцать пять лет не был уже нравственным калекою, с изломанной и исковерканной прошедшею жизнью, — я бы, конечно, занесся мечтами и, может быть, возмнил бы себя вправе претендовать на более тесное сближение с этим семейством. Но Провидение дало мне каплю рассудка и каплю честности; я знал всю разделяющую нас бездну, я понимал их недосягаемую для меня чистоту и свою омраченность. Что бы там ни заговорил за меня какой-нибудь софизм, я все-таки был виноват, я путался в недостойных историях, водился с безнравственными людьми, и волей-неволей ко мне все-таки прилипла грязь моего прошедшего. Я знал, что я ни о чем не смею думать и что мне нет, да и не нужно поправки; но тем не менее я вспомнил теперь, что я здесь не крепок, что я тут чужой, что эти прекрасные, достойные девушки непременно найдут себе достойных мужей, и наш теперешний милый кружок разлетится, и я останусь один... один...

"Здравствуй, одинокая старость! Догорай, бесполезная жизнь!"

Окончив обед, я подошел к баронессе, чтобы поблагодарить ее, и, целуя ее руку, тихо сказал ей:

— Не прогоняйте меня никогда от себя!

Она мне отвечала рукопожатием.

Что же дальше скажу? Дальше случилось именно то, о чем я не смел и думать, как о высшем и никогда для меня недосягаемом счастье. Следующей весной я был мужем Лины — счастливейшим и недостойным мужем самой святой и самой высокой женщины, какую Бог послал на землю, чтобы осчастливить лучшего человека. И это Божие благословение выпало на мою горькую долю... и я... я... его теперь утратил, как неразумный зверь или как каторжник. Я не могу жить... я должен себя убить... Я не могу... Но я вам доскажу все, чтобы вы знали, что я наделал и что во мне происходит.

Возвращаюсь к порядку.

ГЛАВА ОДИННАДЦАТАЯ

Все это произошло радением кузины Авроры, в которой, бог ее знает, какое биение пульса и какое кровообращение. Глядя на нее, иногда можно зафантазироваться над теориями метапсихоза и подумать, что в ней живет душа какой-то тевтобургской векши. Прыг туда, прыг сюда! Ей все нипочем. У нас так долго живут в общении с немцами и так мало знают характеры немецких женщин. То есть, я говорю, знают только одну заурядность. У этой же все горит: одна рука строит, другая — ломает, а первая уже опять возводит что-то заново. Ходит по залу с своею скрипкою и все фуги, и фуги... Всем надоела! Случилась надобность ее о чем-то спросить. Вхожу и спрашиваю. Видит — и ни слова не отвечает: идет прямо, прямо на меня, как лунатик, и вырабатывает свою фугу. Пришлось то же самое во второй раз — и опять результат тот же самый. Зато в третий раз нечто совсем особенное: шла, шла, играла, вела фугу, и вдруг у самого моего уха струна хлоп — и завизжала по грифу.

— Лопнуло терпение! — говорю.

— Да! — отвечает. — Когда же вы, наконец, соберетесь?

— Что?

— Сделать Лине предложение!

— Я?! делать предложение!.. Лине!!!

— Да, я думаю, — вы, а не я, и никто другой за вас.

— Да вы вспомните, что вы это говорите! — О, я все помню и все знаю.

— Разве я смею думать... разве я стою внимания Лины!

— Говоря по совести, как надо между друзьями, конечно, нет, но... произошла роковая неосторожность: мы, сентиментальные немки, мы иногда бываем излишне чувствительны к человеческому несчастию... Если вы честный человек, в чем я не сомневаюсь, вы должны уехать из этого города или... я ведь вам не позволю, чтобы Лина страдала. Она вас любит, и поэтому вы ее стоите. А я вас спрашиваю: когда вы хотите уехать?

— Никогда!

— В таком случае... Лина!

— Бога ради! Дайте время!.. Дайте подумать!

— Лина! Лина! — позвала она еще громче.

— А-а! — отозвался из соседней гостиной голос Лины.

— Иди скорей, или я разобью мою скрипку.

Вошла, как всегда, милая, красивая и спокойная Лина.

— Этот господин просит твоей руки.

И, повернувшись на каблучке, Аврора добавила:

— Извини за неожиданность, но из долгого раздумья тоже ничего лучшего бы не вышло. Я иду к Tante!

— Лина! — прошептал я, оставшись вдвоем. Она на меня взглянула и остановилась.

— Разве я смею... разве могу... Она тихо ответила:

— Да.

Через неделю Аврора уехала к матери в Курляндию. Мы все перед баронессой молчали. Наконец Лина сама взялась сказать, что между нами было объяснение. Я непременно ждал, что мне откажут, и вслед за тем придется убираться, как говорят рижские раскольники, "к себе в Москву, под толстые звоны". Вышло совсем не то. Мы с баронессой гуляли вдвоем, и она мне сказала:

— Я не против избрания Лины, хотя я не совсем ему рада. Вы не знаете, почему?

— Знаю. Мое прошлое...

— Совсем нет. Это слишком глупо и жестоко тянуть за человеком весь век его ошибки, но... вы русский!..

— Вы так терпимы, баронесса!.. Так долго жили в России.

— Да, это я.

— А Лина тем более.

— Нет — вы??

— Я — все, что вы хотите!

— Просите благословения у ваших родителей. Я попросил.

Тут и загудели из Москвы "толстые звоны".

ГЛАВА ДВЕНАДЦАТАЯ

Матушка сокрушалась. Она находила, что я уже два раза бог весь что с собою наделал, а теперь еще немка. Она не будет почтительна. Но отец и дядя радовались — только с какой стороны! Они находили, что наши стали все очень верченые, — такие затейницы, что никакого покоя с ними нет, и притом очень требовательны и так дорого стоят, что мужу остается для их угождения либо красть, либо взятки брать.

"Немки лучше", — возвещал отцу дядя из Москвы в Калугу и привел примеры "от иных родов", таких же "столповых", как и наш род Сипачевых. Успокоили отец с дядею и матушку, что "немки хозяйственны и для заводу добры". Так все это мне и было изъяснено в пространных отписках с изъяснением, кто что думал и что сказал, и чем один другого пересилил. Матушка, кажется, больше всего была тем утешена, что они "для заводу добры", но отец брал примеры и от "больших родов, где много ведомо с немками браков, и все хорошие жены, и между поэтами и писателями тоже многие, которые судьбу свою с немецкою женщиною связали, получили весь нужный для правильной деятельности покой души и на избрание свое не жаловались". Низводилось это до самых столпов славянофильства. Стало быть, мне и Бог простит. Отец писал: "Это твое дело. Тебе жить с женою, а не нам, ты и выбирай. Дай только Бог счастия, и не изменяй вере отцов твоих, а нам желательно, наконец, иметь внука Никитку. Помни, что имя Никиты в нашем сипачевском роду никогда прекращаться не должно, а если первая случится дочь, то она должна быть, в честь бабушки, Марфа". Я, разумеется, обрадовался и говорю баронессе, что отец и мать согласны. Она захотела видеть письмо, и я подал это письмо баронессе, а она Лине. Лина покраснела, а уважаемая баронесса не сделала никакого замечания. Я их обнял и расцеловал: "Друзья мои! — говорю, — истинно, нет лучше, как немецкие женщины". И я действительно тогда так думал — и женился. Жена моим старикам письма написала по-русски. Живем прекрасно: Москва и Калуга спокойны и рады — только все осведомляются: "в походе ль Никитка?" Наконец напророчили! Я пишу: "Лина, кажется, чувствует себя не одною".

Сейчас же и дядя и отец сразу с обеих колоколен зазвонили. "Благословение непраздной и имущей во чреве; да разверзет ее ложесна отрок" и проч. и проч. У дяди всегда все выходило так хорошо и выспренно, как будто он Аксакову в газету передовицу пишет, а отец не был так литературен и на живчака прихватывал: "Только смотри — доставь мне Никитку!.. Или разве в самом крайнем случае прощается на один раз Марфа". Более же одного раза не прощалось.

Матушка мало умела писать; лучше всего она внушала: "Береги жену — время тяготно", а отец с дядею с этих пор пошли жарить про Никиту. Дядя даже прислал серебряный ковшик, из чего Никиту поить. А отец все будто сны видит, как к нему в сад вскочил от немецкой коровки русский теленочек, а он его будто поманил: тпрюси-тпрюси, — а теленочек ему детским языком отвечает: "я не тпруси-тпруси, а я Никитушка, свет Иванович по изотчеству, Сипачев по прозванию".

Сделался этот Никита Иванович Сипачев моим нравственным или долговым обязательством, которого мне никак избыть нельзя. Итак, жена моя что-то заводское, и я заводский, и наша любовь и счастливый брак наш — все это рассматривается, оценивается только с племенной, заводской точки зрения.

— "Никитка! Никитка!" — "Подай Никитку!" — "В походе ли Никитка!" Да что же это, наконец, за родственная глупость и даже унижающее бесстыдство! Ну, а если нет и не будет "в походе" не только Никиты, а даже и Марфы, то что же тогда? Неужто об этом плакать, что ли, или считать это за несчастие и укорять Лину, как это бывало у евреев ветхого завета и у русской знати московского периода? Но, к счастию, мне было чего ожидать, и раздражение на своих было напрасно. Только очень они с этим льнут. Отец пишет, что мать теперь все молится Спорушнице "об имущей во чреве". Писали, что в поминанье Лина у них за здравие записана Катериной, потому что Каролину священник находил неудобным поминать, так как это имя неправославное. Лина — "еретица". Давали мне совет "наклонять жену к вере моих отцов", но надеялись, что "когда будет Никитушка, то она, вероятно, и сама поймет, что это неизбежно. Когда же он родится и станем его крестить, то чтобы поп крестил его непременно настоящим троекратным погружением в купели, а не облил с блюдечка, как будто канарейку". Мать же извещала, что она шьет Никите распашоночки и делает пеленки из старенького, чтобы ему не резало рубцами тельце под шейкой и под мышечками.

Словом, покой мой замутился с этим Никитою. И чем дальше, тем все неотступнее.

Пришли и распашонки, и пеленочки, а от дяди из Москвы старинный серебряный крест с четырьмя жемчужинами, а от отца новые наставления. Пишет: "Когда же придет уреченное время — поставь к купели вместо меня стоять дьячка или пономаря. Они, каковы бы ни были, — все-таки верные русские люди, ибо ничем иным и быть не способны".

Все ведь это надо как-нибудь выполнить, а здесь такие приемы не приняты. Непременно придется что-нибудь лгать старикам, а я их так люблю и никогда их не обманывал.

Ожидание Никиты стало меня нервировать и мучить. Зачем они чересчур все это раздувают и о чем хлопочут? Все делалось бы само собою несравненно спокойнее и лучше, если бы они не гнали такой суеты и горячки. Кто родится, того бы и окрестили, и назвали бы Никитою или Марфой, а то я уже стал тревожиться: как, в самом деле, это будет? Или, может быть, и совсем ничего не будет — так пройдет?

Высказался даже в этом духе теще. Баронесса, вязавшая в это время одеяльце, покачала головою и, тихо улыбнувшись, отвечала:

— Нет, это гак: не проходит. А они напрасно так много беспокоятся, и ты стал беспокоен. Тебе бы пока лучше проехаться.

— Куда же, — говорю, — и как мне теперь отлучаться?

— Отчего же? Это даже хорошо. Еще числа Лины далеко, а я попрошу барона — он тебе даст командировку. Проезжайся. Числа далеко.

И я получил командировку, и в самом деле рад был проехаться. Ведь "числа далеко", а Лину оставить с нежно любящею ее матерью нимало не страшно. Да и мой беспокойный вид и нервозность, по словам баронессы, даже нехорошо влияли на настроение духа жены, а ей в ее положении нужно спокойствие.

А заботы родных все не унимаются: перед самым моим отъездом дядя пишет, что он намерен завещать свой дом, в переулке близ Арбата, Никите, а отец пишет, что "все наше принадлежит тебе и сыну твоему, первенцу Никите Ивановичу Сипачеву".

Я уехал в командировку на особом катере.

Прекрасно! Море, свободная стихия, маяки, запасы, поверки знаков — все это меня развлекло и заняло; но — черт возьми, — чуть только я удалился от своего берега, в моей душе вдруг зародилось какое-то беспокойство, что я обманут, что со мной сыграли какую-то штуку, что я выгнан из дома нарочно, как какой-то дурачок, и вообще со мною играют какую-то комедию.

Кто?.. Кто мог со мною играть комедию? Неужто моя милая, преданная жена, моя кроткая, верная Лина? Или неужто моя теща, баронесса, просвещенная, истинно честная и всеми уважаемая женщина, сочувствующая всему высокому и презирающая все недостойное истинного благородства?.. Невозможно! Не верю наветам коварным.

А какой-то черт шепчет на ухо: "Э, милый друг, все на свете возможно. Стерн, английский великий юморист, больше тебя понимал, и он сказал: "Tout est possible dans la nature" — все возможно в природе. И русская пословица говорит: "Из одного человека идет и горячий дух, и холодный". Все твои домашние дамы в своем роде прелестные существа и достойны твоего

155

почтения, и другие их тоже не напрасно уважают, а в чем-нибудь таком, в чем они никому уступить не хотят, — и они не уступят, и они по-своему обработают.

Засыпаю под плащом на палубе и вижу фигуры баронессы и Лины на берегу, как они меня провожали и махали мне своими платками. Лина плакала. Она, наверно, и теперь иногда плачет, а я все-таки представляю себе, будто я нахожусь в положении сказочного царя Салтана, а моя теща Венигрета Васильевна — "сватья баба Бабариха", и что она непременно сделает мне страшное зло: Никитку моего изведет, как Бабариха извела Гвидона, а меня чем-нибудь на всю жизнь одурачит.

Идем под свежим ветерком, катерок кренится и бортом захватывает, а я ни на что внимания не обращаю, и в груди у меня слезы. В душе самые теплые чувства, а на уме какая-то гадость, будто отнимают у меня что-то самое драгоценное, самое родное. И чуть я позабудусь, сейчас в уме толкутся стихи: "А ткачиха с поварихой, с сватьей бабой Бабарихой". "Родила царица в ночь не то сына, не то дочь, не мышонка, не лягушку, а неведому зверюшку". Я зарыдал во сне. "Никита мой милый! Никитушка! Что с тобою делают!"

Боцман меня разбудил.

— Вы, — говорит, — ваше благородие, ужасно колобродите и руками брылявитесь! Перекреститесь.

Я перекрестился и успокоился.

В самом деле, что за глупость: ведь я не царь Салтан, и Никитушка не Гвидон Салтанович; не посадят же его с матерью в бочку и не бросят в море!

Так и странствую в таком душевном расположении от одного берегового пункта к другому, водворяю порядки и снабжаю людей продовольствием. И вдруг на одном из дальних островков получаю депешу: совершенно благополучно родился сын, — "sehr kraftiger Knabe".[21] Все тревоги минули: таким именно kraftiger Knabe и должен был появиться Никита! "Sehr kraftiger". Молодец! Знай наших комаринских!

Сами можете себе вообразить, как я после известия о рождении сына нетерпеливо кончал свои визиты к остальным маякам и с каким чувством через две недели выскочил с катера на родной берег этого города, где меня ждали жена и ребенок.

На самой пристани матрос передает приказание моего начальника явиться к нему прямо сию минуту.

---

[21] Очень сильный мальчик — нем.

156

Досадно, а делать нечего: еду.

Добрейший барон Андрей Васильевич прямо заключает меня в свои объятия, смотрит на меня своими ласковыми синими глазами и, пожимая руки, говорит:

— Ну, поздравляю, молодой отец, поздравляю! Извините, что я вас задержал и не пустил прямо домой, но это необходимо. Лина еще слаба, ведь она немножко обсчиталась числом, но зато Фриде — славный мальчик.

Я сначала не понял, что такое. Какой Фриде!

— Кто это, — говорю, — Фриде?

— А этот ваш славный мальчик! Мы его вчера окрестили и все думали: какое ему дать имя, чтобы оно понравилось...

Я перебил:

— И как же, — говорю, — вы его назвали?

— Готфрид, мой милый, Готфрид! Это всем нам понравилось, и пастор назвал его Готфрид.

— Пастор! — закричал я.

— Да, конечно, пастор, наш добрый и ученый пастор. Я нарочно позвал его. Я другого не хотел, потому что это ведь он, который открыл, что надо перенесть двоеточие после слова "Глас вопиет в пустыне: приготовьте путь Богу". Старое чтение не годится.

— Позвольте, — говорю, — но ведь я его задушу моими руками!

— Кого это?

— Этого пастора!

— За то, что он перенес двоеточие?

— Нет, за то, что он смел окрестить моего сына! Барон выразил лицом полнейшее недоумение.

— Как зачем окрестил сына? Как душить нашего пастора? Разве можно не крестить?

— Его должен был крестить русский священник!

— А!.. Я этого не знал, не знал. Я думал, вы так хотите! Но ведь лютеране очень хорошие христиане.

— Все это верно, но я сам русский, и мои родные русские, и дети мои должны принадлежать к русской вере.

— Не знал, не знал!

— Зачем же мои семейные, жена, теща не подождали моего возвращения?

— Не знаю — судьба, перст...

— Какая, ваше превосходительство, судьба! Судьба вот была в чем, вот чего хотели все мои русские родные!

Рассказал ему все и прибавил:

— Вот какова должна была быть настоящая судьба и имя, и

вера этого ребенка, а теперь все это вывернули вон. Я этого не могу снесть.

— В таком случае вы здесь прежде успокойтесь.

— Нечем мне успокоиться! Это останется навсегда, что у меня первый сын — немец.

— Но ведь немцы также очень хорошие люди.

— Хорошие, да я-то этого не ожидал.

— А перст Божий показал.

Ну что еще с ним говорить! Бегу домой.

Отворила сама теща, — как всегда, в буклях, в чепце и в кожаном поясе, во всем своем добром здоровье и в полном наряде, — и говорит мне:

— Тссс! Потише... Фриде спит...

— Покажите мне его.

— Подожди, это сейчас нельзя.

— Нет, покажите, а то я сойду с ума! Я лопну с досады.

Показали мне мальчишку. Славный! Я его обнял и зарыдал.

— Ах ты, — говорю, — Никитка, Никитка! За что только тебя, беднягу, оборотили в Готфрида!

Выплакался досыта и ничего не стал говорить до тех пор, пока жена оправилась.

Потом раз выбрал время и говорю:

— Что же это вы сделали, Лина? Как я напишу об этом на Арбат и в Калужскую губернию! Как я его когда-нибудь повезу к деду и бабушке или в Москву к дяде, русскому археологу и историку!

Она будто не понимает этого и ласкается: но я-то ведь понимаю, какое мое положение с новорожденным немцем. Встанут отец и мать: показывай, мол, нам колыванское производство, а что такое я им могу сказать, что я покажу? Вот, мол, я вам оттуда своего производства немца привез!.. Потрудитесь получить — называется Готфрид Бульонович, в ласкательной форме Фриде, в уничижительной — Фридька. Имя не трудное, а довольно потешное. Меня засмеют и со двора с немцем сгонят. Или, еще вернее, мне не поверят, потому что этому и нельзя поверить, чтоб я, калужанин, истинно русский человек, борец за право русской народности в здешнем крае, сам себе первенца немца родил! Ад и смерть.

Прыгал я, прыгал — разные глупости выдумывал, хотел дело поднимать, донос писать, перекрещивать, да на кого доносить станешь? На свою семью, на любимую жену, на добрую и всеми уважаемую тещу Венигрету, которую я и люблю и уважаю!.. Черт знает, что за положение!

158

Так ничего иного и не мог придумать, как признать "совершившийся факт", а в нем участие "перста", и затем начал врать моим старикам, что случилось несчастие: Никитки, пишу, нет, а вышел фос-куш.

Ничего другого в этом положении не выдумал.

ГЛАВА ТРИНАДЦАТАЯ

Живем наново и опять так же невозмутимо хорошо, как жили. Мой немчик растет, и я его, разумеется, люблю. Мое ведь дитя! Мое рожденье! Лина — превосходная мать, а баронесса Венигрета — превосходная бабушка. Фридька молодец и красавец. Барон Андрей Васильевич носит ему конфекты и со слезами слушает, когда Лина ему рассказывает, как я люблю дитя. Оботрет шелковым платочком свои слезливые голубые глазки, приложит ко лбу мальчика свой белый палец и шепчет:

— Перст Божий! перст! Мы все сами по себе не значим ничего. — И прочитает в немецком переводе из Гафиза:

> Тщетно, художник, ты мнишь,
> Что творений своих — ты создатель.

Меня повысили в должности и дали мне новый чин. Это поправило наши достатки. Прошло три года. Детей более не было. Лина прихварывала. Андрей Васильевич дал мне командировку в Англию для приема портовых заказов. Лине советовали полечиться в Дубельне у Нордштрема, в его гидропатической лечебнице. Я их завез туда и устроил в Майоренгофе, на самом берегу моря. Слагалось прекрасно: я пробуду месяца два за границей, а они у Нордштрема. Чудесный старик-немец и терпеть не мог остзейских немцев, все их ругал по-русски "прохвостами". Больных заставлял ходить по берегу то босиком, то совсем нагишом. В аптечное лечение не верил нисколько и над всеми докторами смеялся. Исключение делал только для одного московского Захарьина.

— Этот, — говорил, — один чисто действует: он понял дело и напал на свою роль.

А похвала эта, впрочем, в простом изъяснении сводилась к тому, что он почитал знаменитого московского врача "объюродевшим", но уверял, что "в Москве такие люди

159

необходимы" и что она потому и крепка, что держится "credo quia absurdum".[22]

Любопытный был человек! Жил холостяком, брак считал недостойным и запоздалым учреждением, остающимся пока еще только потому, что люди не могут найти, чем бы его заменить; ходил часто без шапки, с толстой дубиной в руке, ел мало, вина не пил и не курил и был очень умен.

Моя теща пользовалась его расположением "как умная немка". Жена моя должна была у него лечиться. После она хотела съездить к Tante Августе в Поланген, где море гораздо солонее.

Я сказал:

— Прекрасно.

— И Фриде с собою возьмем, надо его показать танте и Авроре: она ведь его еще не видала.

— Пожалуйста, возьмите; его только и остается показывать танте Августе да Авроре.

Лина укоризненно покачала головою.

— Какой ты, — говорит, — злой!

— Да, я злой, а вы с своей мамой очень добрые: вы так устроили, что мне своим родным сына показывать стыдно.

— Почему же стыдно?

— Немец!.. лютеранин!

— Ну так что же такое?

— Ничего больше.

— Будто не все равно? Все христиане.

— То-то и есть, верно, не все равно. И я так думаю: не все ли равно, а вот по-вашему, видно, не все равно, вы взяли да и переправили его из Никитки на Готфрида.

А жене уж нечего сказать, так она отвечает:

— Ты придираешься. Лишнюю комнату, которая у нас наверху, мы отдадим дяде барону (то есть Андрею Васильевичу).

— Чудесно.

— Ведь мы ему много обязаны.

— Конечно.

— Он очень любит Нордштрема.

— И Нордштрем его любит.

— Правда?

— Да.

— Он тебе говорил это?

— Как же. Он мне говорил, что барон — гороховый шут.

---

[22] "Верю, потому что абсурд" (лат.).

Лина обиделась.

— Я, — говорит, — думаю, что ты шутишь.

— Нет, не шучу; но, впрочем, Нордштрем хотел свести барона с каким-то пастором, который одну ночь говорит во сне по-еврейски, а другую — по-гречески.

Лина заметила мне, что я дерзок и неблагодарен.

В ней была какая-то нервность. Так мы расстались и почти три месяца не видались. В разлуке в моем настроении, разумеется, произошла перемена: огорчения потеряли свою остроту, а хорошие, радостные минуты жизни всплывали и манили к жене. Я ведь ее любил и теперь люблю.

Андрей Васильевич встретил меня в Риге на самом вокзале, повел завтракать в парк и в первую стать рассказал свою радость. Пастор, с которым познакомил его Нордштрем и который "во сне говорил одну ночь по-еврейски, а другую — по-гречески", принес ему "обновление смысла".

— Что же такое он открыл?

— А, друг мой, — это благословенная, это великая вещь! Я теперь могу молиться так, как до этой поры никогда не молился. Сомненья больше нет!

— Это большая радость.

— Да, это радость. Впрочем, я всегда думал и подозревал, что здесь нечто должно быть не так, что здесь что-то должно быть иначе. Я говорю о "Молитве Господней".

— Я ничего не понимаю.

— Но ведь вы ее знаете?

— "Отче наш"-то? — Ну, конечно, знаю.

— И помните прошение: "Хлеб наш насущный дай нам сегодня"?

— Да, это так.

— А вот то-то и есть, что это не так.

— Позвольте...

— Да не так, не так! Я и прежде задумывался: как это странно!.. "Не о хлебе человек жив", и "не беспокойтеся, что будете есть или пить", а тут вдруг прошение о хлебе... Но теперь он мне открыл глаза.

— А мне хочется сперва в Дубельн, к жене... боюсь, как бы не пропустить поезда.

— Нет, не пропустим. Вы понимаете по-гречески слово: "94995195394797963953959950"?

— Не понимаю.

— Это значит: "надсущный", а не насущный, — хлеб не вещественный, а духовный... Все ясно!

Я перебил.

161

— Позвольте, — говорю, — вы мне это что-то еретическое внушаете. Мне это нельзя.

— Почему?

— Я человек истинно русский и православный — мне нужен "хлеб насущный", а не надсущный!

— Ах, да! А я теперь в восторге читаю эту молитву и вас все-таки с пастором познакомлю. Это я непременно и хотел, чтобы он, а не другой пастор, крестил маленького Волю, и он это сделал...

— Какого Волю?

— А второй сын ваш, Освальд!

— Ничего не понимаю!.. Какой сын?.. У меня один сын, Готфрид!

— Это первый, а второй-то, второй, который месяц назад родился!

— Что?.. Месяц назад?.. Что же он, тоже "94995195394796395395950", что ли, необыкновенный, надсущный? Откуда он взялся?

— Его мать — Лина.

— Но она не была беременна.

— А, этого я не знаю.

Я вне себя, бросаю Андрея Васильевича и лечу к себе на дачу, и первое, что встречаю, — теща, "всеми уважаемая баронесса". Не могу здороваться и прямо спрашиваю:

— Что случилось?

— Ничего особенного.

— У Лины родился ребенок?

— Да.

— Как же это так?.. Отчего же...

— Что за вопрос!

— Нет, позвольте!.. Как же три месяца тому назад, когда я уезжал... я ничего не знал? В три месяца это не могло сделаться!

— Конечно... Это надо девять месяцев. Зачем же ты это не знал!

— Почему же я мог знать, когда мне ничего не говорили?

— Ты сам мог знать по числам.

— Черт вы, — говорю, — черт, а не женщина! Черт! черт!

Это вдруг такой оборот-то после того, как я к баронессе чувствовал одно уважение и почтительно к ней относился!

Ну, дальше что же рассказывать! Разумеется, хоть лопни с досады — ничего не поделаешь! Опять все кончилось, как и в первом случае. Только я уже не истеричничал, не плакал над своим вторым немцем, а окончил объяснение в мажорном тоне.

162

Я сказал баронессе, что терпение мое лопнуло и что я в моих отношениях к семье переменяюсь.

— Как? Зачем переменяться?

— А так, — говорю, — что совсем переменюсь, — вы ведь еще не знаете, какой у меня неизвестный характер.

— А какой неизвестный характер?

— Я вам говорю — "неизвестный". Я и сам не знаю, что я могу сделать, если выйду из терпения. Вы это имейте в виду, если еще раз захотите мне сделать сюрприз по числам.

— Какая глупость!

— Ну вот, смотрите!

У меня явился какой-то дьявольский порыв — схватить потихоньку у них этого Освальда и швырнуть его в море. Слава богу, что это прошло. Я ходил-ходил, — и по горе, и по берегу, а при восходе луны сел на песчаной дюне и все еще ничего не мог придумать: как же мне теперь быть, что написать в Москву и в Калугу, и как дальше держать себя в своем собственном, некогда мне столь милом семействе, которое теперь как будто взбесилось и стало самым упрямым и самым строптивым.

Вдруг, на счастье мое, — вижу, по бережку моря идет мой благодетель, Андрей Васильевич, один, с своей верной собачкой и с книгой, с Библией. Кортик мотается, а сам, как петушок, распевает безмятежным старческим выкриком:

> Я устал — иду к покою;
> Отче! очи мне закрой,
> И с любовью надо мною
> Будь хранитель верный мой!

И каким молодцом идет на своих тоненьких ножках, и все выше и выше задувает высоким фальцетом:

> И сегодня, без сомненья,
> Я виновен пред Тобой;
> Дай мне всех грехов прощенье,
> Телу — сон, душе — покой!

Мне стало завидно его бодрости и спокойствию, да и к жизни, к общенью с людьми опять меня поманило, и на ум пришла шутка.

"Нет, постой ты, — думаю, — старый певун: пока ты дойдешь до своей постели, чтобы вкушать сон и покой,

163

которого просишь, — я тебя пораставлю за то, в чем, кажется, и ты "виновен без сомненья".

ГЛАВА ЧЕТЫРНАДЦАТАЯ

Я покинул холм, где сидел, и без труда догнал Андрея Васильевича.

Адмирал, увидя меня, очень обрадовался и сердечно меня обнял.

— Здравствуйте, — говорит, — мой друг, здравствуйте! Какая после чудесного дня становится чудесная ночь! Я в упоенье, — гуляю и молюсь, все повторяю "Отче наш" в новом разночтенье, — благодарю за "хлеб надсущный", и моему сердцу легко. "Сердце полно — будем Богу благодарны". А вы как себя чувствуете?.. Вы тоже гуляли?

— Да, гулял.

— Прекрасный вечер. Теперь домой?

— Домой.

— Вот и чудесно, и пойдем вместе. Я не скучаю и один, но с сердечным, с сочувственным и благородно мыслящим человеком вдвоем еще веселей... А вы, верно, узнали все, как это случилось, и тоже спокойны?

— Нет, — отвечаю, — я ничего не узнал, да и не хочу узнавать!

— Да, это перст Божий.

— Ну, позвольте... уж вы хоть перст-то оставьте.

— Отчего же? Когда нельзя понять, — надо признать перст.

— А я скорее согласен видеть в этом чей-то шиш, а не перст.

Он остановился, как будто долго не мог понять, а потом помотал перед собою пальцем и произнес:

— Ни-ни-ни! Это перст!.. И вы никогда больше не говорите "шиш", потому что "шиш", это русский нигилизм.

— Ну уж, нигилизм или не нигилизм, а я тут перста не вижу. Перст не указывает, как обманывать человека, а здесь обман, и потому я принимаю это за шиш, показанный всему моему дальнейшему семейному благополучию. Семейное счастье мое расстроено...

— Почему?

"Ах ты, — думаю, — тупица этакий! Еще извольте ему разъяснять "почему"!"

— Я не могу больше верить самым близким людям.

— То-то: почему?

"Фу, черт тебя возьми! — думаю. — Ишь в чем у них, между прочим, сила кроется. Чего они не хотят понять, того и не понимают. Так и моя жена, и всеми уважаемая теща, и этот благочестивый певунок. А я же вас разочарую по-русски, откровенно".

И говорю:

— Я, ваше превосходительство, вам скажу только одно: я вам скажу, до каких острых объяснений у нас дошло с баронессою, которую, как вы знаете, я любил и уважал, как родную мать.

— Знаю, знаю! И она этого стоит.

— Да, а теперь я ей пригрозил.

— Чем?.. Как можно пригрожать!

— Так... сказал, что я больше ничего не потерплю и что у меня есть ужасные черты в характере, которых я сам боюсь.

— Вы это пошутили?

— Нет — совершенно серьезно.

— А что вы, например, можете сделать?

— Не знаю...

— Как же не знаете?

— В том-то для меня и есть самый большой ужас, что я сам не знаю. Я терплю много и долго, держу себя... как воспитанный человек, как европеец; а потом, если меня станут очень сильно скребсти, — я и освирепею, как бык.

— Как бык!.. Гм!.. Это скверно.

— И я вперед вам говорю, что это может кончиться скверно.

— Например как?

— Ой, какая гадость!

— Да, это гадость, но ведь и со мною делают нехорошее. Пословица говорит: "против жару и котел треснет".

— Ага! Хорошая пословица. Я очень люблю русские пословицы. Но это не годится. Дитя ничем не виновато.

— Ну, я донос на собственную семью напишу и пошлю.

— Офицер!.. Донос!

— Да, сам на себя.

— Этого никто не делает.

— Нет, делают; в бракоразводных делах даже очень часто делают.

— Нет, уж вы этого не делайте.

— Ну, так вот вы меня, ваше превосходительство, научите, что же мне делать-то, чего держаться и как из себя не выйти?

— Держитесь русской пословицы.

— Которой прикажете?

— "Когда ты хочешь рассердиться, подумай, что ты говоришь с генерал-губернатором".

— Такой пословицы нет.

— Есть.

— Да уж позвольте мне, как русскому, лучше знать, что такой пословицы нет.

— Я ее от князя Суворова в Риге слышал.

— Про рижского князя Суворова про самого-то стоит пословицу сложить.

— Это правда, правда. Он фантазер, но добряк. Многое, что было невозможно, он сделал возможным. Его, бывало, попросят — он скажет: "это возможно". Очень жаль, что его больше нет, — и вам было бы хорошо.

— Мне все равно, меня мучит только, как своим родным написать, что у меня все немцы родятся.

— Да!.. в самом деле: как бы им это написать?

— Я им чистосердечно во всем признаюсь, что я их по вашей милости обманывал и что у меня сына Никиты нет, а есть даже два сына, и оба немца. Пусть и отец, и дядя это узнают, и они меня пожалеют и отпишут свое наследство, находящееся в России, детям моей сестры, русским и православным, а не моим детям-немцам, Роберту и Бертраму.

— Фуй!

— Отчего фуй? Я больше лгать не хочу. Приду домой и напишу: мне будет легче.

— Чем же легче?

— Тем, что я не буду больше моих честных стариков обманывать.

Адмирал задумался и прошептал:

— Это тоже правда.

— Конечно, правда.

— А вы первый раз им... о первом ребенке как написали?

— Я тогда солгал.

— А-а! Как жаль!

— Да, я нагло и гнусно солгал.

— Что же именно?

— Свалил все дело на fausse couche.[23]

— Недурно! Очень хорошо! Теперь свалите на фос-кушку!

— Зачем? Лучше этого не придумаете.

Расстались. Я вернулся домой и в самом деле сел писать

---

[23] Преждевременные роды (франц.).

чистосердечное признание... Как-то не пишется... Противно это излагать, какая я тряпка, что у меня все рождаются немцы, и я не могу этого прекратить.

Черт возьми нашу телегу и все четыре колеса! При случае написал про фос-кушку.

Опять живем. Получил крест, и денег дали.

К жизни охладел, и к тем вопросам, которые приходят из России, охладел. Семья-немцы растут, живу хорошо и очень тихо. Ну их совсем все вопросы! Это надо иметь к ним охоту и здоровые нервы, чтобы ими заниматься. И то не здесь, и не в колыванской семье. Никитки от меня больше не ждут и не требуют. Все замерло там и приутихло, и во мне, казалось бы, конец. Но только, как пуганая ворона сучка боится, так и я: из дому отлучаться боюсь. Думаю: кажется, безопасно, кажется, ничего нет, а между тем Бог их знает, какая у них... природа какая-то "надсущная": неравно вернешься, а у них уже и поет в пеленках новый немец.

Этого я не хотел больше ни за что и, признаюсь вам в своей низости, более для этого и с отцом Федором Знаменским познакомился, когда его назначили благочинным. Пошел к нему исповедоваться и говорю:

— Вот что в моем семействе два раза было. Я сам вам об этом объявляю. Вы теперь благочинный, должны за этим смотреть, чтобы закон не обходили. Я часто бываю в отлучках, а вы смотрите... А то я сам после на вас донесу.

Он испугался и денег за исповедь не взял и вместо отпуска сказал мне "мое почтенье", а доноса не подал.

Трус неописанный. Но зато и без его помощи нечего стало бояться. Одно горе прошло — стала надвигаться другая туча. Моему семейному счастию угрожало неожиданное бедствие с другой стороны: всегда пользовавшаяся превосходным здоровьем Лина начала хворать. Изменяется в лице, цвет делается сероватый, зловещий.

Я себя не помню от отчаяния. Кляну себя за то, что когда-нибудь что-нибудь ей сказал, плачу, как безумный.

Она меня ободряет и утешает.

— Успокойся, — говорит, — я буду жить.

Мать, баронесса, являет безмерную силу любви и самообладания.

Здешние врачи нашли у нее что-то непонятное. Лина и баронесса отправились в Ригу. Там им сказали, что нужна скорая операция. Рассуждаем: в Петербург или в Берлин? Разумеется, в Берлин: лучше и дешевле. Я не спорю; где больная хочет, пусть там и будет. Детей, чтобы они не

167

оставались одни при моих отлучках по службе, решили завезти по дороге к танте Августе и к кузине Авроре. Так я по необходимой служебной надобности ушел в море тотчас с началом навигации, а они должны были выехать через неделю, когда Лина будет себя немножко крепче чувствовать. Я жду от них в условленных местах известий об отъезде; но сначала писем нет, а потом извещают, что "еще не выехали", после — что "на Лину прекрасно действует покой и воздух", еще позже — что, "к удивлению, можно сказать, что врачи в Риге, кажется, ошибались и что операции вовсе, может быть, не нужно", и, наконец, — что "Лина поправляется, и они переезжают из города на дачу в Екатериненталь".

Это последнее известие шло долго, и я получил его только две недели тому назад, вместе с другим известием, что дядя из Москвы пишет, что отец мой умер и завещал именьице мне и "моим детям".

Я и обрадовался благоприятной ошибке врачей, и очень поскорбел, и поплакал об отце, которого давно не видал, а теперь совсем его лишился. И вот вчерашний день, расстроенный всем этим, возвращаюсь домой, влетаю в комнаты, стремлюсь обнять жену — и вижу у нее на руках грудное дитя!

Боже мой! Я ударил себя ладонью в лоб и спросил только:

— Как его имя?

— Гуня.

— Что это значит?

— Гунтер!

— Значит, я и в третий раз обманут! Выходит баронесса и тихо говорит:

— Никакого обмана нет — это ошибкой подкралось. Остальное вы сами знаете. Слово "подкралось" так вдруг лишило меня рассудка, что я наделал все, что вы знаете. Я их прогнал, как грубиян. И вот теперь, когда я все это сделал — открыл в себе татарина и разбил навсегда свое семейство, я презираю и себя, и всю эту свою борьбу, и всю возню из-за Никитки: теперь я хочу одного — умереть! Отец Федор думает, что у меня это прошло, но он ошибается: я не стану жить.

— Вы хотите довольно дешево отделаться, — произнес по-немецки молодой и сильный женский голос, впадающий в контральто.

Мы оба оглянулись и увидели на дорожке, у самой дверцы, стройную молодую девушку, изо всего лица которой, отененного широкими полями соломенной шляпы, был виден один нежный, но сильный подбородок.

Я узнал, что это была Аврора, и почувствовал в душе большую радость. Я здесь становился совершенно излишним, и притом этот разбитый человек теперь будет управлен хорошим кормчим.

Кузина Аврора, конечно, за этим предстала, и, посмотрев на нее, можно было сказать, что она знает, что надо сделать, и что надо, то и будет сделано.

— Умереть легко; надо не умереть и оставить семью без опоры... а возвратить себе расположение жены и уважение людей — вот что должно быть достигнуто! — услыхал я через открытое окно своей комнаты и тотчас же поспешил взять шляпу и уйти из дома, чтобы не быть нескромным свидетелем щекотливого и важного семейного разговора. Но живое любопытство и особенное внимание, какое возбуждала к себе эта, так театрально, как будто по пьесе для развязки назначенная, эфирная Аврора, — побуждали меня узнать: что тут случится, что эта оригинальная и смелая девушка выдумает и что устроит. Как она поможет этому бедняку достичь исполнения очень трудной, но в самом деле необходимой и единственно достойной в его положении задачи: "не оставить

Это совсем не песенка из московского песенника на голос: "Когда сын у нас родится — мы Никитой назовем", а это трудная, серьезно задуманная фуга, развить которую есть серьезная цель для всего предстоящего, но зато сколько надо иметь смысла и терпения, чтобы всю эту фугу вывесть одною рукою!

Фуга, как стройный ряд повторяемостей, берется сначала одним голосом без всякого аккомпанемента, и ее основная тема называется "вождем" (Fuhrer), а когда он окончит — другие повторяют то же в ладе доминанты главного тона.[24] Иначе это не идет.

ГЛАВА ПЯТНАДЦАТАЯ

В семье, потрясенной описанными событиями, все стало тихо: весь беспорядок прекратился, и как будто ничего особенного и не случилось. Было опять утро, и был вечер в день второй. Я, кажется, больше всех был обеспокоен и боялся

---

[24] Antwor—Ответ — нем.

взглянуть в сад, а по двору проходил не иначе как после обозрения, что путь свободен. На третий день был праздник "Johannes",[25] соответствующий нашему Купале. Все уезжали in"s Grime.[26] на мызу. Там пили, ели, пели и танцевали, а девушки плели венки и украшались ими. И я был там. Много ходил, устал и за небольшую плату, внесенную какому-то рабочему при мызе, поместился отдохнуть на сеносушке. Это была деревянная постройка, сделанная таким образом: внизу сруб небольшой, на нем балки, превосходящие величиною этот сруб, и на них второй, верхний сруб, обширнее нижнего. В этом верхнем срубе — кладовая и сушильня. Выше ее, под самою крышею, оригинальный карниз, состоящий из целого ряда совершенно однообразных и правильно размещенных скворечниц. Здесь свежо, сухо, нет никаких досадительных насекомых, а только скворцы то тихо копошатся в своих скворечнях, то торопливо рокочут, ведя друг с другом торопливые и жаркие беседы на трех огромнейших липах.

Вся площадка, где построена эта сушильня, обнесена высоким частоколом, образовавшим дворик, на котором стояли под навесом два плуга, тележка и омет соломы. Под липами был круглый стол, утвержденный на столбе, две скамейки и самодельный тяжелый стул из карельской березы. В нижнем этаже сушильни было жилое помещение для того работника, который дал мне отрадный приют на сене.

Я спал довольно долго и крепко и проснулся как будто от оживленного говора, который слышался снизу.

Это и в самом деле было так.

При пробуждении своем я услыхал три раза и твердо повторенное:

— Nain! nain! nain!

Это произносил молодой, сильный голос и произносил именно "nain", а не "nein", и притом с усиленною твердостью и с энергией. Голос мне показался знакомым.

Другой, более густой, но тихий голос отвечал:

— Но ведь это же очень несправедливо и странно, Аврора. Ты должна же признать, что если не прав и даже много виноват я в своей непростительной несдержанности и грубости, для которой я и не ищу оправданий, то ведь не правы и они.

Это был голос моряка Сипачева.

В ответ на его слова опять послышалось то же самое упорное:

---

[25] Иоганны — нем.
[26] На лоно природы — нем.

— Nain, nain!

— Какое возмутительное упорство!

— Nain, это не упорство. Упорство в тебе.

— Ну, в таком случае это — дикость.

— О да, да! Непременно! Но тебе, может быть, неудобно говорить о дикости! Ведь ты сегодня именинник, мы сегодня пируем здесь твой день, и я тебя увела сюда не для того, чтобы говорить о прошлом, а для того, чтобы сказать тебе наедине радость, что открывается в настоящем и будущем.

— Ты всегда живешь в будущем.

— Nain! Я живу только в настоящем, но для будущего.

— Слушаю.

— Onkel барон сейчас мне шепнул, что он получил от Литке ответную депешу: тебя назначают на корабль, который вышел в кругосветное плавание. Он теперь уже в Плимуте, и ты должен его догнать; тебе послезавтра надо выехать.

— Гм!.. Прекрасно. Это барон Андрей Васильевич все исполнил по вашей команде, милая Аврора?

— Аврора никем не командует.

— Я готов... готов, и я даже рад, что ты это исхлопотала, Аврора.

— Еще бы не радоваться! Это единственный способ дать всему успокоиться. Ты после возвратишься домой с успокоенным сердцем.

— Да, но только это ведь я возвращусь не ближе как через два года, Аврора.

— Да, это будет всего через два года; но если сильно над собою наблюдать и хорошо себя школить, то и этого времени довольно, чтобы переделать в себе, что не годится.

— Это все один я должен в себе все переделывать?

— Конечно, ты; но вовсе не все, а только то, что мешает твоему семейному благополучию.

— А два года из жизни вон?

— Почему "вон"? Что употреблено на исправление себя, то не потеряно. Дело не в долгой жизни, а в достойной жизни.

— А другие в это время ничего не будут в себе ни исправлять, ни переделывать?

— Им нечего переделывать. Разве постараться сделать себя хуже.

Аврора захохотала и шутливо добавила:

— Может быть, ты думаешь, что это и стоило бы для тебя сделать?

— Я думаю, не это, а я думаю, что я вспыльчивый и дурно

воспитанный человек, но что и те, кто привел меня в состояние безумного гнева, тоже не правы.

— Nain! — перебила Аврора.

— Вы поступали со мною непростительно дурно.

— Nain!

— Вы поступили зло, упрямо, узко...

— Nain!

— И наконец, бесчестно!..

— Nain!

— Вы отравили мое спокойствие, вы лишили меня возможности откровенных отношений с моими родными, сделали всех детей лютеранами, когда они должны были быть русскими.

— Nain!

Очевидно, ей теперь хоть кол на голове теши — она все будет твердить свое "nain".

Я приложил глаз к одной из резных продушин сушильной стены, чтобы посмотреть на ее лицо. Я хотел видеть, какое оно теперь имеет выражение, — и оно меня неприятно поразило. Это лицо ясно говорило, что Аврора не желает знать никаких доводов и что к справедливости или к рассудку в разговоре с нею теперь взывать напрасно. Она видела только то, что хотела видеть, и шла к тому, чего хотела достигать. Все это можно бы принять за тупость, но такому заключению противоречил быстрый и умный взгляд ее изящных серых глаз и чертовски твердое выражение подбородка.

Произнося слово "nain", она точно что-то отгрызала и, откусив, даже не смыкала губ, а оставляла их открывши, чтобы опять еще и еще раз что-то перекусить и бросить. Ее белые, правильные зубы были оскалены, как у рассерженного зверька.

Она говорила стоя, поворотясь к собеседнику спиною, и судорожно копала и расшвыривала землю палкою своего серого кружевного зонтика с коричневой лентой.

Моряк сидел на одной из скамеек; но когда Аврора на все его доводы ответила "найн", он порывисто встал и сказал:

— Ну, хорошо. Довольно. Я не буду с тобою более спорить. Я тебя даже очень благодарю. Твое жестокое упрямство послужит мне в пользу... Когда я буду от вас далеко... и один... и когда мне станет о вас скучно... я вспомню тебя вот такою, какой вижу теперь... и мне будет легче.

— Nain!

— Как это "найн"?.. Я тебе сказал: мне будет легче.

— Nain!

— Почему "найн"?

Аврора полуоборотилась к нему и, топнув ногою, произнесла придыханием:

— Потому, что ты меня будешь вспоминать не такою!

Офицер улыбнулся и, тихо встав с места, взял и поцеловал руку Авроры.

— Ты права, — проговорил он, поцеловал ту же руку вторично и добавил, — но знай, Аврора, что ты сегодня самая противная, самая упрямая немка.

— О, я думаю! — отвечала, так же улыбаясь и пожав плечами, Аврора. — Ведь это только мы, упрямые немки, и имеем дурную привычку доделывать до конца свое дело. Не-немка наделала бы совсем другое, — у нее тут были бы и слезы, и угрозы, и sacrifice[27] или примирение ни на чем, до первого нового случая ни из-за чего. Да, я немка, мой милый Johann!..,[28] я упрямая немка.

— И очень красивая, черт возьми, немка!

— Да, да, да! "Черт кого-нибудь возьми" — я и довольно красивая немка.

Он опять взял ее руку и проговорил:

— Но уступи же мне хоть что-нибудь.

— Ничего!

— Ну так и я же поставлю на своем: я буду звать вашего Гунтера — Никиткой.

— Что-о?!

— Вот этого третьего мальчишку я буду звать Никиткой.

Аврора громко рассмеялась.

— Можешь, можешь... Это будет очень забавно!

А в это время из-за частокола показался барон Андрей Васильевич и ласково заговорил:

— Что это могло так рассмешить нашу милую крошку Аврору?

Аврора показала пальцем на офицера и проговорила:

— Он будет называть своего третьего сына Никиткой!

— И прекрасно! — воскликнул барон. — А ты, Аврора, в самом деле остаешься здесь, с нами, с кузиной и с тантой?

— Да, Onkel, я буду жить с Tante и с Линой.

— И пробудешь все время, пока он возвратится?

— Да, Onkel.

— Милое дитя! А ты сама... Думаешь ли ты когда-нибудь о себе?

— Что думать, Onkel! — это вредно.

---

[27] жертва (франц.)

[28] Иоганн — нем.

— Ты разве до сих пор никого особенно не любишь?

— Ай-ай! к чему вам знать это, Onkel?

— Прости. Я думал, ведь и тебе пора. Года идут.

— О, не беспокойтесь, Onkel! Моя пора любить уже настала, и я с нее собираю плоды.

— Ага! Что же дает тебе эта любовь?

— Удовольствие видеть счастие тех, кого я люблю, Onkel!

— И этого с тебя разве довольно?

— Этого?.. Этого много, Onkel. Это только стоит начать — и потом это никогда не окончишь!

Старик покачал головой и сказал:

— Да, ты найдешь себе роль в жизни, Аврора.

ГЛАВА ШЕСТНАДЦАТАЯ

И она действительно ее нашла.

Со времени описанного происшествия минуло пятнадцать лет. Я заехал в Дрезден навестить поселившееся там дружественное мне русское семейство и однажды неожиданно встретил у них слабенького, но благообразнейшего старичка, которого мне назвали бароном Андреем Васильевичем. Мы друг друга насилу узнали и заговорили про Ревель, где виделись, и про людей, которых видели. Я спросил о Сипачеве.

— Ну да, да, да!.. Как же!.. Он здесь, был здесь... здесь.

Андрей Васильевич говорил так же ласково и мягко или даже еще мягче, и теперь он даже одет был во все самое мякенькое.

— "Был", — а где же он теперь?

— Он умер, но умер здесь. Ведь здесь его семейство, и здесь его похоронили. Перст Божий! Аврора ему поставила очень хороший памятник на большом кладбище. Вы можете видеть. У них реестр. Спросите: "где контр-адмирал Сипачев", — сейчас укажут.

— А он уже был контр-адмирал?

— Как же! Как же!.. Разумеется, чин дали к отставке. Прекрасно сделал кругосветное плавание и прекрасно кончил весь круг своей жизни. Аврора получает пенсию и много пишет сама на фарфоре. "W" и "R" внутри буквы "A" — это ее монограмма. Ей очень хорошо платят, но у нее ведь немало детей. Старшая дочь уже помогает Авроре.

— Позвольте, — говорю, — я не все понимаю: сколько помню, имя его жены — Лина.

— Ах, вы еще про ту старину! Лина давно умерла, и мать ее, баронесса, сестра моя, тоже умерла. А когда Лина умирала, она взяла мужа за руку и сказала: "Ты не плачь, я не боюсь умереть, я боюсь только за тебя и детей. А чтобы я не боялась отойти к Богу с покойной душой, дай мне слово непременно жениться на Авроре". И он, чтобы не огорчать кроткую Лину, дал ей это слово. Тогда она позвала Аврору и сказала: "Облегчи мне уход мой отсюда: подай ему руку и сохрани его и моих детей". И Аврора подала ему руку. Все так и сделалось, как просила Лина. Но вы знаете, там... у нас это было нельзя, потому что, когда он еще не был христианином, он был два раза женат, Лина была его третья жена, и хотя один брак его совсем не был браком, но тем не менее ему жениться на Авроре было невозможно. Тогда Аврора сказала: "Пойдем отсюда", и они продали все там, и пришли сюда, и купили все здесь. Их благословил пастор, у них миленький дом, сад, и мастерская, и печь для фарфора. Перевели сюда его пенсию, и после того, когда Аврора стала его женою, у них было три дочери, и все одна другой лучше. Они прожили в счастье одиннадцать лет. Мне стало скучно, и Аврора мне написала: "Onkel, приезжай и ты", и я у них жил и живу. Теперь я и совсем остался здесь, при них, потому что один я только мужчина. Надо всегда быть готовым в помощь друг другу, и перст Божий мне так указал.

— А где же его сыновья? Ведь им, я думаю, надо отбывать воинскую повинность в России?

Барон покривился и сказал:

— Нет, им, я думаю, это не надо. Они ведь совсем... Все ихнее теперь здесь... И мать — эта Tante Aurora. Она ведь их воспитала и очень их любит, и они ее любят, а Аврора Россию не любит.

— Да за что она ее так — не любит? Адмирал пожал недоуменно плечами и молвил:

— Наверно не знаю, но думаю так, что... Аврора ведь очень определенная... и она боится всего неопределенного. Мать... и детей любит, а там выходит все... что-то неопределенное.

Иван Никитич погребен в Дрездене не на русском кладбище; он, как бычок, окончательно отмахнул головою и от Москвы, и от Калуги, и кончил свой курс немцем.